1977, EN TOUTES LETTRES

CLAUDE BIAO

ISBN13: 978-0-578-99329-4

Couverture: Sènami Donoumassou

Stake Books

02 BP 1992, Cotonou, BENIN

books@stakebooks.com

Pour Ezra

1

L'aéroport de Cotonou est un magnétophone géant. Les trains d'atterrissage crissent sur l'unique piste – que l'on a pourtant nommée $A3$ – comme sur la surface rayée d'un vieux disque. Ceux de son avion ont émis le même hurlement il y a une heure : il avait serré les accoudoirs, s'était plaqué sur le siège, luttant contre une folle envie d'éclater de rire. Non pas qu'il fût amusé ou effrayé, juste comme ça. Pour la forme.

Chaque voyageur a son truc. Le sien, c'est lorsque l'avion se pose, que ses trains mordent la piste, et que le vent ronge les aérofreins à en perdre toutes ses dents. Alors il s'entend vivre, et il est saisi d'un fou-rire. Cette fois, il ne se laissa pas aller. C'aurait certes été une indécence d'autant moins condamnable qu'aucun témoin intéressé ne se trouvait dans les parages pour s'en offusquer, Camilia ne comptant pas pour un témoin. Certaines fautes restent néanmoins absolues même en l'absence de victime. Comme rire aux éclats alors que l'on est au courant de la mort récente de sa mère... ou commettre un aussi long voyage sans embrasser son épouse. Il ne se sentirait pas également coupable des deux *manquements* au fond –

d'ailleurs ils demeurent pour lui des *manquements* ; pas tout à fait des erreurs, dont il veut bien s'excuser cependant dans un esprit de conciliation – mais la qualité des victimes, du moins des personnes qui le deviendraient sitôt qu'elles sauraient le tort qui leur est causé, l'obligerait à admettre qu'il existe de meilleures manières.

Camilia représente à elle seule, une manière extraordinaire de débuter un voyage. Son regard, qui ne semble pas devoir connaître cet ennui irrésistible d'exister, exerce sur lui une véritable fascination. Elle a grandi d'une seule traite, alors qu'il avait la tête plongée dans l'une de ses études. C'était il y a un an. Ses étudiants ne s'habituaient pas encore à le voir s'appuyer sur cette canne au pommeau blanc dont aujourd'hui le temps fait déjà mentir les soupçons d'ivoire. Cette année-là, les jours de juin fondaient tels des rapaces sur les humains qui ne se souciaient plus de masquer leur soif désespérée d'être, avant que s'éteigne le soleil, brusquement. Comme une condamnation au Néant. Il acceptait la mission parce que l'on lui donnait l'assurance qu'elle durerait précisément ce mois-là. Juin. Son épouse protesta d'abord : « c'est un pays tranquille certes, mais l'université y est un champ de bataille, il n'y a pas d'électricité, et puis de toute façon, personne ne lira tes conclusions ! », ajusta ensuite à l'aide des nuances évidentes qui manquaient à l'exactitude de ses arguments ; puis cassa machinalement un troisième œuf dans son complet-bacon-deux-œufs, spécial régime progressif, avant de darder le plus affreux de ses jurons espagnols – qu'il faut traduire à peu près par « fais comme tu veux ».

Lorsqu'il rentra chez eux en décembre, Camilia fumait en cachette et lisait Sartre.

Le souvenir de ce dernier voyage sur sa terre natale n'émergeait qu'en ces moments où pour ainsi dire, le mécanisme si huilé de sa vie commence à tourner à rebours du système entier : sa famille, ses enseignements, ses recherches. Une harmonie trinitaire que rien pourtant ne semblait pouvoir mettre en péril. Sauf peut-être l'annonce de la mort d'une mère.

Ce fut cette fois Mona qui se mit en devoir de proposer avec insistance qu'il s'en aille. Aucune *distance* – c'est le terme pudique qu'elle trouva pour *dispute* – ne devrait priver une mère de son droit d'être pleurée par son fils. « Et pourquoi pas ? Regarde moi par exemple, je ne te pleurerai pas le moment venu », était intervenue Camilia, lui infligeant une effrayante quinte de toux qui manqua de se transformer en accident cardiovasculaire. Il devait s'interposer. Il réprimanda mollement la fille, cajola tout aussi mollement la mère, puis alluma une cigarette : Camilia viendrait avec lui.

J'AVAIS SONGÉ *à mentir une dernière fois. Élaborer une sorte d'ultime mystification, une façon de saluer alors que le rideau tomberait sur* tout ça. *Comme un mensonge magistral. Je le préparerais avec le génie précautionneux des créateurs de grands parfums. Je choisirais les fragrances les plus exquises, de pures essences dont la délicatesse serait à l'esprit ce qu'une apnée est au dormeur : un instant définitif, hors du temps et de l'être... une manière de pause péremptoire à la coutume d'exister. J'en imaginais la tête de ma mère. Trompée jusqu'à la moelle, crédible jusqu'aux larmes, et mienne jusqu'à la servitude. Non pas que je poursuivisse quelque finalité* utile, *que cette fulgurante* jubilation esthétique *si chère à l'autre, et qui pour moi se délimiterait à une duperie tout juste vraie pour être* crue *par tous, et assez fausse pour ne pas l'être par moi seule. Je serais dieu – déesse plus exactement – suprême et comblée.*

Le professeur s'est montré très bavard tout le long du

voyage. *Deux phrases à l'embarquement – il fallait que je retire ma ceinture à boucle d'argent pour ne pas faire biper au détecteur – et une troisième à six mille mètres d'altitude, alors que le commandant de bord annonçait notre descente vers Cotonou : « Quoi, déjà ? » Je ne peux pas dire qu'il s'agit du changement le plus spectaculaire qu'il me fût donné d'observer chez lui depuis qu'il reçut la lettre. Je demeure partagée entre cette sorte de monologue dont j'étais l'interlocutrice, et sa réaction après la lecture de celle-ci : lorsque pliant le papier et s'apercevant dieu sait comment, que je passais chercher mon magazine dans le séjour, il croisa mon regard.*

Enfant, je me faisais une raison : il est muet. C'est tout. Cela vaut mieux que d'être idiot après tout. Quand il revenait de l'université, les lèvres encore tremblantes des précisions qu'il avait sans doute omis de donner à ses étudiants, et qu'il me surprenait noyée jusqu'à la cervelle dans son fauteuil, avec pour seule bouée quelque précis de philosophie oublié là ; il se contentait de se pencher, de chercher mes joues, et de fuir mon regard. À l'époque, je faisais claquer mes bisous à même son visage glabre avec malice. Je m'amusais à imaginer qu'il s'agissait de feux d'artifices délibérément destinés à perturber le cours paisible de ses pensées. Il m'arrive de répéter ce manège encore aujourd'hui, même si d'aussi loin que je me souvienne, il demeurait impénétrable comme un lac qui reflète les étincelles sans s'ébranler du fracas de leur explosion. Mais je ne démords pas : j'ai grandi avec ça je crois, ce besoin viscéral de l'embêter.

« Prends bien soin de ma petite-fille », concluait la lettre.

Il ne lui arrive pas, comme aux quadragénaires communs, d'imaginer ce qu'il changerait s'il pouvait recommencer sa vie depuis le début. Pour la raison tellement évidente à ses yeux, que justement il ne le pouvait pas. « Mais quand-même », insistait Mona, avec sa fâcheuse manie de déborder sur ces inquiétudes inutiles, tel le coloriage d'un enfant trop distrait. Si elle avait pu se résoudre à adjoindre une raison au fait d'aimer – à la situation d'aimer dirait-elle – Mona avouerait sans aucun doute qu'elle l'aime précisément parce qu'il est ainsi : fatalement délié des questions qu'il ne peut pas résoudre. Il ne s'en embarrassait pas le moins du monde, et, lorsqu'elle les abordait, elle qui ne manquait pas une occasion de les aborder, il se dorait de ce regard impuissant qui se tait.

En trente huit années et quelques mois de vie, dont elle-ne-sait-plus-combien, de mariage, Mona n'a jamais été autant convaincue de rien d'autre : il n'y que dans les yeux de son homme que l'on trouve ce regard-là. À la faculté de philosophie, elle assimilait cela à une arrogante condescendance, et se promettait de provoquer une bagarre un jour, d'en profiter pour lui casser le regard, à coup de poings si nécessaire. Promesse quelle tint presque, s'il n'y avait eu le baiser, et le fait qu'elle eût dix-sept ans, et lui vingt et un.

Cet âge précisément où l'on a le besoin compulsif de croire en quelque chose.

C'était sans nul doute le seul jeune homme de sa connaissance qui ne voulût pas changer le monde à ses vingt et un ans : il ne s'en préoccupait pas. Il disait – tous ses mots n'avaient pas encore tari à l'époque – que l'on ne saurait se préoccuper de changer une terre qui de toutes façons changeait malgré nous. Mona le détesta et l'admira pour cette lucidité trouble-fête. Puis elle la lui reconnut simplement, telle une cicatrice sur le visage, une balafre indélébile qu'aurait laissé quelque désespoir qu'aujourd'hui encore, elle ne parvenait pas à déceler.

...

Le passage à la police des frontières fut de courte durée, et leurs bagages, les premiers à glisser sur le tapis du distributeur. Il reconnut la valise bleue avec son immense tâche de rouges à lèvres.

Camilia offrit de l'aider.

2

UN PEINTRE FOU AVAIT RENVERSÉ SA PALETTE SUR LA NUIT
de Cotonou. À la sortie de l'aéroport dont les bleu et blanc des
enseignes scintillaient encore dans ma tête, le professeur s'assit
sur la banquette arrière d'une voiture grise, côté non-chauffeur,
avec l'assurance du propriétaire. Jaune. Les lampadaires défi-
laient au-dessus de nous. Venaient s'éclater comme des œufs
sur le pare-brise, jetaient une traînée d'écailles dorées sur le
bitume... sauf pour les ombres – blanches – de ceux que la
route avait foudroyés à la racine. Couleur-de-terre-défoncée.
Puis oranges, les feux qui clignotaient, et brune, rouge, rose... la
bave des panneaux publicitaires sur les faces noctambules qui
cherchaient un coin de nuit où s'abriter. Quelques luminaires
flamboyants indiquaient un cabinet de voyance ou un Bureau
de métaphysicien, sans que je puisse distinguer la couleur de la
nuit qui entrait en bourrasque dans l'habitacle. Bleu ? Violet ?
Je dirais jade, en y ajoutant la profondeur délicatement floutée
des avenirs que l'on y lit, ou des secrets qui s'y dissimulent. Je
ne connaissais pas les lieux – mon pays d'origine, comme on
dit – mais pour ce que je voyais, j'éprouvais le sentiment que
les gens ici habitent un carnaval.

Le professeur avait quant à lui chaussé son regard le plus imprécis. Lorsqu'il se tournait vers moi – en m'évitant soigneusement – il me faisait penser à ces personnages imaginaires que l'on sculpte avec rien dans les yeux. Une seconde, une seule, je perçus un tressaillement dans sa voix alors qu'il demandait au conducteur de marquer un arrêt près d'un monument. « La Place des Martyrs », avait-il soufflé à mon intention. Une gigantesque ombre assaillie par les lumières environnantes, avec, perché sur un socle aux mille marches, des statues d'hommes en armes.

1977 N'AVAIT PAS COMMENCÉ comme ces années que l'on sait d'avance chargées du rut de l'Histoire. Dans son souvenir, le vent de la saison qui hésite – pluies ou harmattan – balaie encore le sentier ocre déroulé tel un tapis de cahots entre la maison parentale et l'école primaire. Dans la boue des bords du passage, des groupes d'enfants s'amusaient à modeler leurs rêves, avec la ferveur obséquieuse des chasseurs d'illusions.

Il se rappelle l'un d'eux en particulier. Un grand silencieux à la jambe bancale qui travaillait toujours seul, à l'écart, représentant la même figure chaque fois : une faucille et un marteau maladroitement imbriqués. Il ne fredonnait pas les chansons de la formation idéologique comme les autres. Se contentait de fabriquer ses figurines – une dizaine dans la journée... un peu plus peut-être lorsqu'il faisait beau – puis de les ramollir le soir venu, pour obtenir la pâte dans laquelle il façonnerait celles du lendemain.

Le Professeur n'a jamais connu son prénom. « J'ai oublié, répondait-il invariablement à tous ceux qui l'interrogeaient : en général, personne n'a besoin de m'appeler. Quand on a envie de me voir, on me trouve. Ici. »

Ce n'était pas encore un jeune homme à proprement

parler. Plus vraiment un adolescent non plus. Son corps s'était simplement arrêté de grandir un jour, laissant les années et leurs certitudes passer par-dessus. Il ne fréquentait aucune autre école que les intransigeances de sa mère qui n'avait de cesse de lui rappeler que depuis la mort de son père – décédé d'une fulgurante quinte de toux, dit-on – lui seul restait à leur misère. Il devait apprendre un métier, se lancer dans une affaire, s'engager chez les Jeunes Révolutionnaires, comme elle l'est chez les Femmes Leader. Il devait. Penser à ses pauvres os à elle, la force qui allait lui manquer, et le temps aussi. Pour être enfin heureux. Il devait à cette voix haut-perchée de se donner plus de consistance que la boue mollasse qu'il pétrissait à longueur de journées : « *serp i molot*, s'indignait-elle, on n'en tirera même pas un potier ! »

Le Professeur l'a nommé. Molot.

Molot s'en foutait : « si tu veux. Tu es bien le seul à vouloir m'appeler. »

...

La boue le façonna bien plus que lui ne pouvait prétendre la façonner elle. Il en acquit, aux yeux du Professeur, cette déconcertante malléabilité, obstinément indécis sur son engagement politique, dans une ère où l'on payait ses droits d'adhésion au Parti avant même de goûter sa première bière. Il ne s'agissait pas de précocité à proprement parler. Simplement l'habitude de répéter la gravité fondamentale du discours ambiant.

Le Professeur se souvient vaguement du premier terme qu'il avait appris à trouver dans un dictionnaire à cette époque : *impérialisme*. C'était un Petit Larousse tout juste assez volumineux pour qu'il pût atteindre ses bandes dessinées au sommet de l'étagère en montant dessus. Lorsqu'il revint de l'école primaire et interrogea sa mère sur la signification d'un slogan révolutionnaire, celle-ci décida pour toute réponse, de lui apprendre à chercher par lui-même. « Im-pé-ria-lis-me » prononçait-il en tournant les pages du dictionnaire. « -lis-meuh »... et entre deux éternuements, « -meuh ».

« Po-li-ti-que d'un É-tat qui cher-che à é-ten-dre sa do-mi-na-tion po-li-ti-que ou é-co-no-mi-que au dé-tri-ment d'au-tres É-tats, et... Maman ! Je ne comprends toujours pas la plupart des mots !... »

Il avait l'âge diffus où l'on lit en découpant les mots par syllabes. Et cela l'amusait de les entendre cliqueter alors qu'elles s'entrechoquaient, pour former des *révélations*... ou des *monstres* ! C'est de sa mère qu'il tient la conviction que les syllabes possèdent la propriété des armées romaines de s'agglomérer en formations qui prennent soudain l'aspect d'un mot connu, *révélation* ; ou d'un barbarisme, *monstre*. Pendant longtemps, il ne connut autre synonyme de *faute* que celui-là : *monstre*. « Ah les monstres que tu peux créer dans une seule phrase ! », se plaignait fièrement sa mère en l'écoutant bafouiller des phrases plus bavardes que son âge...

À cet âge-là, même elle n'aurait pas su prédire que l'habitude de vivre condamnerait ses phrases, puis lui-même, au silence. Il aimait créer des monstres ! Prenait la deuxième syllabe de *impérialisme,* pour la heurter contre la première de *cordon*, et répétait le monstre qui en naissait, *pécor* jusqu'à ce qu'il découvrît dans le dictionnaire – qui avait fini par devenir le sien – qu'il existait déjà une révélation du nom de *pécore*. Alors il en fabriquait un autre, murmurant à longueur de journée, se réjouissant secrètement de ses trouvailles ou s'étonnant de leur étrange cliquetis – *mon-dé-tri-po, ti-pé-ria-dic-que, do-do-me-lis-rie* – et attendant dans tous les cas, le moment où il les infligerait à sa mère, au détour d'une conversation. Il s'en servait pour désigner les choses dont il ne connaissait pas les noms, ou pour ne rien désigner du tout.

Savourait la consternation de celle-ci alors qu'elle s'empressait de lui dire le mot approprié...

Et puis il y eut ce soir. Ils dînaient tous les deux. Il avait voulu improviser un monstre pour clouer le bec au silence qui monopolisait leurs conversations depuis l'évènement : « Maman ? Dis, maman, est-ce que papa est *car-ba-phra-ti-gu* ? »

Ce soir-là elle ne trouva pas la révélation précise pour déloger le monstre. Il s'installa.

CLAUDE BIAO

.

3

La voiture s'arrêta net. Comme si elle avait heurté un mur. Puis poussa un râle et mourut. Le Professeur ne sembla pas se rendre compte qu'ils étaient à destination. Son visage restait évasif, perdu dans une sorte de déni du présent, ou pris au piège des souvenirs qui tapissaient chaque repli de Cotonou. La façade chétive du *Palais* avait gardé cet aspect détrempé d'il y a Dieu sait combien d'années. À croire que chacun avait continué à venir lui payer son tribut de larmes, malgré tout. Aucun roi n'y avait habité, aucune cour, aucun chef de quelque manière. Sa mère avait voulu que ce soit un *Palais*. Il en fut ainsi, c'est tout. Et même la misère ne put rien y changer.

Une poignée d'ouvriers maçons le construisit à l'époque où la Révolution mobilisait les hommes, leurs illusions, et son père. Avant le lever du soleil, ils étaient déjà pris jusqu'au cou dans leurs journées, pétrissant le ciment comme on pétrit de la pâte à pain, remplie de roche granitique concassée : pieds ou mains, sueur ou sang. À Cotonou, on fustigeait les déviances de la propriété privée, l'instinct d'accumulation, et cette manie très bourgeoise du *profit*. Chez eux, les pelles passaient par-dessus sa tête, la transpiration faisait luire le torse nu des bâtisseurs tels des vers de terre sous les ardeurs jaunes du soleil, et sa mère lisait *La Nausée*.

Elle ne voulut pas lui dire ce que raconte le tas de pages ocrées par le temps et l'habitude de le cacher. Les lettres fines, à peine lisibles, lui donnaient l'impression de s'entasser comme autant d'idées qu'un penseur bègue aurait remisées là, incapable de les énoncer avec fluidité. Le livre n'avait pas de couverture, ce serait trop dangereux. Aussi, tout ce qu'il obtint de sa mère fut la confidence qu'il s'agissait bien de *La Nausée*. Et comme pour l'en convaincre, celle-ci affichait toujours une mine étrange en le lisant... Ce fut plus tard le premier livre qu'il acheta et le seul de Sartre qu'il ne lut jamais.

« Nous sommes arrivés. »

Il sursauta presque d'entendre sa propre voix l'annoncer. Camilia, plongée dans la lumière blanche de son écran, ne répondit que par quelques intonations moqueuses, où il pouvait discerner le mot *bercail*. Il voulut – n'osa pas mais voulut – s'assurer que le léger trémolo qu'il avait perçu dans sa voix débordait bien jusqu'aux yeux. La première minute après l'éternité que dura leur descente du véhicule, la porte frêle du *Palais* grinçait. Une femme apparut derrière. Et la nuit resta en suspens.

SUPPOSONS... *ceci n'est pas un aveu, rien qu'une hypothèse, supposons que toutes les lettres avaient été authentiques. Que mon ami et moi ne nous étions pas rencontrés, que je n'avais pas eu cette idée, et qu'enfin chacun ait dû vivre son ennui quotidien fait de banalités et de vacuités conventionnelles. Il continuerait à donner ses cours, je continuerais à fouiner dans ses documents personnels, et Mona resterait machinalement métisse. C'est sa mère qui est Basque. Dans la province du*

Guipúzcoa où celle-ci avait grandi, elle aurait rencontré un Negro descendant de personne-ne-sait-qui, mais amplement descendant quand même, avec toute la légende, l'élégance, le regard, et l'inflexion de la voix qui vont avec. Il possédait un grand esprit, pas un sou, et s'opposait par principe au Caudillo. Elle l'épousa donc. Tout comme d'autres iraient sous les drapeaux ou prendraient le maquis : en une façon de résistance.

Mona l'appelait La Doña, malgré qu'elle n'appartienne à aucune noblesse espagnole, mais au fond, tout le monde s'en foutait. Elle passait ses journées à compter sur les doigts les amis qui avaient disparu du jour au lendemain, sous le régime de La Phalange. « Vous preniez un thé ensemble, tu baissais la tête pour sucrer ta tasse, et quand tu la relevais, l'autre n'était pas là. Le plus dur, expliquait-elle à Mona qui raconta ensuite ces histoires jusqu'à en user la gravité ; le plus dur n'est pas qu'il soit mort ou torturé. Le plus dur, c'est précisément de ne pas savoir. » L'ignorance du sort des personnes disparues tuait de solitude les autres restées sur place.

J'ai acquis la certitude que Mona a épousé le Professeur à peu près pour les mêmes raisons que La Doña s'est mariée à son Negro, lorsqu'ayant ramené Douglas chez nous pour lui montrer ma collection de Sartre, elle lui demanda à bout portant s'il était raciste. Douglas crut se défendre en avançant qu'il était noir, qu'il comptait logiquement une majorité de noirs parmi ses amis, et que d'ailleurs, il habitait un quartier d'immigrés. À quoi Mona conclut qu'il était effectivement raciste. Comme toujours, elle se trompait.

Douglas n'est pas raciste, mais facteur. Et c'est celui à qui je confiai mon projet. Nous nous tenions debout devant l'étagère où je disposais mes livres depuis que j'avais résolu de faire bibliothèque à part avec mes parents. Il relevait étonné que j'avais sauté les pieds joints, des livres d'images – tout en haut

– *aux* Lettres de prison *de Gramsci.* « *Tu as dû grandir avant d'avoir eu le temps de t'acheter des ouvrages de ton âge* », *s'était-il contenté de diagnostiquer en se penchant pour lire la tranche d'un livre, le souffle court :* « *L'Être et le Néant* ».

« L'homme ne saurait être tantôt libre et tantôt esclave : il est tout entier et toujours libre ou il n'est pas ». *Il cligna des yeux, comme si chaque mot avait cinglé son visage ; et moi j'avais encore sur la langue ce goût de poudre à canon, lorsque je récite des phrases de Sartre. C'est peut-être parce qu'elles sonnent toujours comme des détonations : il y a moi, le doigt pris dans la gâchette, la pression. Qui monte. Ce silence définitif, comme si l'univers retenait son souffle une minute. Et.*

Après je ne suis plus certaine d'être celle qui a parlé. Je peux à peine me souvenir de ce que j'ai dit, mais il me reste ce goût sur la langue. Les mots sont des pistolets chargés, avertissait-il. Il a oublié d'ajouter que personne ne nous oblige à tirer.

Douglas ne comprenait pas pourquoi. La ligne épaisse de ses sourcils demeurait ombrageuse devant mon impuissance à lui répondre. Ce n'était pas un doute à proprement parler. Peut-être une sorte d'hésitation qui avait cela de décisif qu'elle portait moins sur sa volonté de participer à l'expérience – ainsi que nous décidâmes de l'appeler – que sur les motivations de cette volonté. Je craignis qu'il se trouvât beaucoup trop d'idées concentrées en seulement quelques mots. Alors j'entrepris de diluer avec l'histoire de notre Doña. Je lui racontai l'effroyable soupir de Mona lorsqu'on lui annonça l'an dernier qu'elle était morte d'une tuberculose mal soignée. Elle qui ne lui parlait plus déjà avant ma naissance, et qui s'aperçut alors qu'elle n'aurait pas assez de souvenir pour colmater cette absence. Je lui racontai la manie qu'elle développa depuis, de ressasser sa Doña ; comment elle passa toute sa vie à avoir vingt ans, comment elle en voulut à ses enfants d'être métis et pas Negro comme leur père... et ce sentiment d'avoir toujours un maqui-

sard tapi dans chacune de ses répliques. Et j'ajoutai sans être certaine qu'il s'agissait d'une conclusion : « enfin il faut que tu comprennes bien. Nous sommes une famille de tradition insurgée ».

À vingt-cinq ans, Douglas n'était pas plus grand que mon étagère et m'arrivait à l'épaule en s'entêtant un peu. Il gardait cet air entassé, comme si les aliments de croissance de son enfance, désespérés de pouvoir le tirer plus haut, l'avaient soudainement lâché et qu'il s'était replié à la manière d'un ressort : de la taille de réserve paressait coincée dans son cou et dans son ventre. Une taille qu'il ne déployait jamais que pour se hisser à la hauteur d'une boîte aux lettres rebelle.

C'est un homme seul qui se fit facteur pour se donner l'illusion de recevoir beaucoup de correspondances d'amis lointains. Les enveloppes emplissaient ses journées et lorsqu'il les avait toutes distribuées le soir, il rêvait du plaisir – ou de l'indifférence – de ceux qui les liraient. Il ne pouvait imaginer qu'on éprouve du déplaisir à lire une lettre. Avant de le rencontrer, je n'avais vu que quatre facteurs en tout, dont trois dans les dessins des livres d'école primaire. Je croyais tomber sur le dernier pratiquant d'un métier aujourd'hui disparu. Une sorte de laptot ou de regrattier qui aurait hiberné pour ne pas vivre la fin de sa corporation.

Il y a quelque chose d'inachevé dans ses gestes. Une espèce de suspension nostalgique qui leur donne la solennité des actions définitives. Voila ce qui m'attira chez lui. J'en ai éprouvé une égale fascination devant le seul portrait que Mona possédait de La Doña. Où toute la gravité de sa posture se résumait précisément à cette main gauche serrant un chapelet aux grains en bois. Qui pendait, dans une préfiguration de l'acte conscient et péremptoire de mourir. Les heures que nous passions à discuter d'une chose et d'autres n'arrivaient pas à me convaincre que je le reverrais l'instant d'après. Non pas que je m'attende à ce qu'il meure d'un jour à l'autre, mais parce que je possédais la certitude irrationnelle qu'il allait disparaître corps et souvenirs, avec l'ultime précision d'un acte suspendu.

Je voulais le fixer.

...

Mona téléphona la première, après notre arrivée. Je sortais de mon bain, et je sais au timbre de la voix du Professeur que c'était elle à l'autre bout du fil. Ses réponses vagues dans lesquelles je ne pouvais pas deviner les questions, gardaient le ton de la confidence qu'il utilisait pour elle seule. Et de l'autre côté, je pouvais deviner sa satisfaction : je crois que ça lui donne l'illusion qu'elle est tout pour lui ; alors même qu'il est précisément utopique d'être tout pour cet homme. Ils parlèrent une dizaine de minutes, auxquelles le Professeur conclut « moi aussi », puis raccrocha. J'y répondis : « toi aussi quoi ? Tu l'aimes ? », avec dans les yeux, la grisante fulgurance de la prédation.

4

La plupart des gens recherchent leur destin dans les yeux d'un devin ou le cristal d'une sorcière. Elle trouva le sien dans un vieux dictionnaire qui perd ses pages. Ils avaient tous les deux l'âge où l'on ne se préoccupe pas de son âge. Où l'on a l'assurance d'avoir du temps devant soi, l'assurance que rien ne presse, sauf l'urgence irréductible de mimer des vies. C'était leur jeu favori. Tour à tour, elle se faisait impératrice cruelle, boulangère trompée par son mari, première dame oisive, ou infirmière pendant la guerre ; et lui, bouffon de cour, époux incompris, Chef du Parti, ou soldat héroïque à la jambe cassée. Lui qui savait déjà – parce qu'on le lui répétait tous les jours – qu'il serait politicien, avait pour unique enjeu de se trouver dans la position légitime de réclamer des câlins, alors qu'elle essayait chaque personnage comme un costume dans l'espoir de garder celui qui lui siérait.

Elle a grandi comme une joyeuse imposture. Si mâle dans sa peau de femme et avec la constante conviction qu'être une fille faisait partie de ses nombreux jeux d'enfant. Elle s'y appliquait. Imitait à la perfection ce personnage somme toute différent d'elle. Essentiellement. Lorsqu'en atteignant l'adolescence, elle n'eut plus envie de jouer et voulut devenir – redevenir – un garçon, elle s'aperçut de l'arnaque fondamentale que constituait le *genre*.

Son ami d'enfance traînait en permanence un dictionnaire en tentant de la persuader qu'il en tirait une histoire de monstres et de révélations. Ce jour-là, elle n'essaya pas de le persuader qu'un dictionnaire n'est pas un roman, qu'il paraissait stupide à le transporter ainsi tout le temps, que de toute façon c'était un dictionnaire amnésique dont les feuilles qui restaient s'effaçaient inexorablement, qu'il n'y aurait bientôt plus assez de pages pour l'instruire... Elle le lui prit simplement, ouvrit une page au hasard, lut à haute voix : « *forgeron !* Voila le métier que je veux exercer : forgeron ! »

Sa mère était jardinière, et son père exerçait la fonction excitante d'Informateur du Parti. Elle ne comprit pas que leur fille veuille s'user l'existence à la frotter au fer et au feu, et lui soupçonnait un agent de l'Impérialisme étranger de la contaminer de ses idées subversives. Il fallait recommencer sa formation idéologique, lui faire dénoncer le coupable de ses aspirations, opérer un lavage de cerveau, administrer des antibiotiques. Il fallait. Lui poser des questions, l'envoyer en vacances, lui opposer des répliques, défriser ses idées. Dans un égal mouvement de panique, la mère lui acheta une binette hors de prix, un croissant couvert de rouille sorti d'elle ne sait plus quelle remise, et un petit arrosoir en plastique ; et le père lui tint un discours passionné sur la production, sur la nécessité pour chacun de trouver la place qu'il sied dans la chaîne... citant Engels et Cabet dans un même postillon.

...

Le lendemain, elle se rendit à la forge la plus proche de chez eux.

...

Ils se perdirent de vue plusieurs mois, puis elle surgit

d'une terrible pluie de juillet. Sans parapluie, sans imperméable. L'eau plaquait la robe de *wax* délavé contre ses lignes, la transformant en négatif trempé d'une photographie où elle aurait posé toute nue. Et le Professeur la laissa plantée sous l'averse, tellement il était affairé à la regarder se tenir debout. Un petit torrent avait transformé ses formes en rigoles. Les caressait avec le prétexte de se frayer un chemin jusqu'à ses pieds, pour s'y transformer en joyeuse cascade. « Tu me laisses entrer ? J'ai froid ! »

C'est l'année où sa mère commença à infliger ses absences au *Palais*. Elle partait avant le lever du soleil et ne rentrait pas pour dîner. Lui restait seul avec son dictionnaire, las d'attendre. Las d'engendrer des monstres inutiles sans elle pour en partager l'émerveillement. Las, déjà, d'être un homme. C'est l'année où Molot cessa de jouer avec la boue. Il hantait désormais les chaises pourries de la *Taverne à Lénine* qui se ventait d'être la seule à servir de la vodka russe authentique – une boisson hors de prix à laquelle les enivrés ordinaires préféraient encore le Sodabi. C'est l'année où il décida que son père était une chimère, née de l'imagination démesurée de sa mère, et découpée dans les magazines pour alimenter leurs albums photo. Il se disait qu'il fallait la protéger de cette absence qui la contaminait.

« Tu vas rester là à me regarder, ou tu vas me donner une couverture enfin ? » Le Professeur courut dans leur chambre chercher sa couverture, se ravisa et saisit celle de sa mère, puis changea encore d'avis et revint à la sienne. Il sentait l'urgence, l'entendait grelotter dans son dos. Il tira finalement n'importe quoi, qui s'avéra être une vielle housse de couette trouée qu'ils utilisaient comme drap de lit pour les invités. Il la couvrit avec. Elle soupira d'impuissance et se blottit dans ses bras.

Et lui ne comprit pas pourquoi son cœur battait si fort.

. . .

LA FEMME se tourna vers moi en premier et me serra dans ses bras, avec le naturel qui sied aux très bonnes amies : c'était moi qu'elle attendait. Elle garda mon visage dans ses mains chaudes, caressa mes cheveux... Puis elle regarda le Professeur de ces yeux que j'aurais voulu avoir pour toujours, tendres et sans complaisance. Comme on scrute quelqu'un que l'on sait tout juste à la portée de ses rêves. Et l'aveu tacite que c'est précisément pour l'y rattraper qu'on s'autorise encore à rêver.

« Entre, idiot, ne reste pas là. »

Quant à moi, elle m'entraînait par la main et me demandait si j'avais déjà lu L'âge de raison, et si comme elle j'étais arrivée à la conclusion que mon père déteste Sartre parce qu'il a inventé Mathieu Delarue. « Ça lui donne l'impression de ne pas être tout à fait original ! Ou que le Créateur a dû l'engendrer lui pour tester les théories du philosophe ». Et son rire roucoulait à la manière des conspirateurs satisfaits qui n'auraient d'autre but que celui de taquiner leur victime. Elle me tenait par l'épaule à présent. J'appris que cette demeure que l'on nomme Le Palais avait vu naître et grandir mon père, et qu'elle s'était desséchée aussitôt qu'il décida de s'en aller. Que son absence avait tellement affecté sa mère que même vivante, elle s'effaçait à vue d'œil comme un coloriage estompé par le temps au point qu'on ne puisse plus dire s'il avait été vif ou terne. Dans sa voix ne transparaissait pas le moindre remords. Pas de reproche ni même le plus léger regret. Il y avait juste un peu de soleil dedans. Et une histoire que je ne comprenais pas.

Le Professeur s'était dirigé directement vers ce qui avait dû être sa chambre. Nous laissant, moi affalée sur le canapé et elle affairée à me servir des petits-fours, de la bière, de l'eau, des beignets de haricot local, des patates frites, de la viande fumée... « tu veux manger quelque chose de spécial, ma petite... » Camilia « Oui, Camilia ! Mon nom à moi est Adukè, mais appelle-moi comme il te plaira ! » Pour toute réponse, je lui demandai si je pouvais sortir marcher. Elle proposa de me tenir compagnie. À quoi je répondis que j'allais fumer, et que je ne voulais pas la choquer. Elle rit en me jetant son châle sur les épaules. Il pesait le bras d'un ami et exhalait un parfum indistinct de rouge à lèvres et de mangue. Je le resserrai.

Dehors, la nuit était noire de monde.

CLAUDE BIAO

5

MONA DÉCIDA DE LAISSER REFROIDIR UN TROISIÈME CAFÉ
ce matin. Il y avait la tasse fumante et son odeur nauséabonde,
le téléphone tout à côté... et elle buvait son jus d'orange. C'est
une unité de mesure absolument précise, un café qui refroidit.
On la convertit difficilement en minutes, certes, mais Mona
s'en est depuis longtemps affranchie, des minutes. Le tic-tac
des pendules l'exaspère. Comme le glas des églises, le
décompte des dernières gouttes lorsqu'on a refermé un robi-
net, ou les coups de marteau sur un cercueil que l'on scelle.
Son temps, elle le distribue en cafés refroidis, convaincue que
la méthode conserve la rigueur de n'importe quel autre décou-
page et la nausée à peine perceptible du temps qui passe.
Mona ne boit pas de café. Son époux et sa fille en raffolent. À
un tel point qu'elle les percevait autrefois comme des *chrono-
phages* : deux êtres androïdes qui se nourrissent du temps
qu'ils dérobent à sa propre vie.

Le téléphone sonna au quatrième café. Elle compta deux
sonneries puis décrocha. « Tu me mets en retard, chéri, tu sais
que je me rends au cours après le deuxième ».

« C'est Camilia. Il dort encore ». Mona voulut lui

demander si elle était bien sûre qu'il dormait. S'il n'avait pas trépassé dans son sommeil par mégarde ou par simple négligence. Car il n'est jamais resté couché aussi tard que ce jour lointain de leur jeune mariage, lorsqu'il avait négligé de se réveiller après une nuit d'amour. Il avait fallu le réanimer alors, le veiller comme un vrai malade en écoutant les médecins la rassurer qu'il s'en remettrait, qu'aussi curieux que cela puisse paraître, il avait commencé une crise cardiaque dans son sommeil, et qu'elle avait réagi assez vite.

Elles se dirent encore quelques banalités et la mère laissa la fille raccrocher la première. Puis elle saisit son cartable, finit son jus d'orange et s'engouffra dans octobre. À ses étudiants, elle parlerait de philosophie du langage.

Étudiante, Mona avait lu Schopenhauer avec enthousiasme. Convaincue que ce que le cœur battant elle nommait *la volonté primordiale*, est mère du monde, tout comme *les volontés* sont mères des représentations individuelles que l'on en fait. Pour elle, la conclusion évidente en était que le langage constitue la mécanique physiologique de la création, et qu'en verbalisant une idée, il la réalise, aussi immanquablement qu'un dessinateur donne vie à un entrelacs de traits fondamentalement chaotique. Elle attachait à ses études de philosophie l'intérêt exclusif et irrationnel que l'on attache à une passion inutile. Validait les théories à l'intensité du battement de son cœur lorsqu'elle les énonce ou les lit. Courrait dans les lignes de l'un ou l'autre des classiques avec le sentiment d'arpenter des collines ou de dévaler des pentes raides.

Devenir professeure fut d'abord la plus redoutable des malédictions pour elle. Lorsque son enseignant d'éthique politique lui apprit que c'était ça ou l'asile de fous, elle envisagea d'obtenir l'autorisation préalable d'y emmener ses livres. C'était un homme austère dont même l'ancre qui avait servi à écrire le nom desséchait sitôt qu'elle touchait le papier. Son visage ankylosé par trop de formalisme ne savait plus ni sourire ni se renfrogner. L'on lisait les intonations de sa voix plus qu'on n'entendait, et chaque prononciation semblait fissurer sa figure à un point tel que Mona craignait qu'elle tombât un jour au détour d'une phrase. Comme tombe la coquille craquelée d'un œuf cuit. Il s'appelait Flinch, Quelque-Chose Flinch, et c'est le seul qui ne désespéra pas de lui faire comprendre que la philosophie est une discipline sérieuse. Elle qui la choisissait précisément en se persuadant du contraire. Puis elle se mit à enseigner. Parce qu'il était manifeste après sa thèse qu'elle en avait le talent... et à cause de l'homme qu'elle épouserait. Une petite université sans histoire et sans esprits lui proposa de tenir une chaire insipide de « philosophie générale contemporaine », et elle proposa au père de Camilia de l'épouser.

Camilia est née comme une douloureuse appendicite qu'il fallait opérer. Elle n'avait pas huit mois et déjà elle s'immisçait. À la surprise de sa naissance, succéda la surprise de voir grandir un véritable morceau de soleil. Toute petite, elle déteignait sur les miroirs de l'appartement qu'ils occupaient alors, leur laissait l'enchantement de son passage. Elle passait son enfance le nez dans les livres de son père – dont elle aimait l'odeur – sans vraiment les lire. Et ensuite le soleil ternit, inexorablement, alors qu'elle apprenait par cœur les silences des adultes. Mona ne s'en montrait pas attristée, bien au contraire ! Elle aimait l'adulte que devenait sa fille autant que l'enfant qu'elle avait été. Admirait son courage de grandir et d'assumer, la bravoure avec laquelle elle avait tout de même gardé quelques uns ses mots d'enfant...Elle fit même une nouvelle tentative de procréer. Mais la terre n'était pas assez commode pour celui qui vint. Il avait le sommeil si fragile qu'on devait baisser le son de la nuit pour qu'il s'entende dormir, et le regard si profond qu'il fallait s'arrimer à son berceau pour ne pas y sombrer. Elle trouva son corps un matin, enseveli dans une absence trouble : il avait foutu le camp pendant leur sommeil.

À la sortie du cimetière, Camilia la serra si fort dans ses bras d'adolescente... elle sentait la sueur et l'encre des livres neufs. Et Mona se demanda de quoi d'autre elle avait besoin pour enfin fondre en sanglots.

« MON CHER ENFANT,

Ton dictionnaire me survivra. Ses pages dépareillées se sont figées depuis ce temps-là, avec les traces de ta sueur qui souligne un mot ou l'autre... avec de petits bouts de toi dont je me console depuis. C'est lui qui dort dans ta chambre. Je vais le trouver quand je veux t'écrire. Pour choisir tes mots. J'ai essayé de reconstituer ce monstre, tu sais. Car-ba-phra-ti-gu. *J'ai recherché les révélations que tu as dû mutiler pour en arriver là. La première syllabe vient de* carnage... *ou de* carnaval *peut-être. J'avais aussi pensé à* carnassier *mais je crois que tu n'aurais pas pris ça, toi. Pour la dernière syllabe, le choix le plus évident me paraît encore invraisemblable :* ambigu. *Mais je ne doute pas que tu aies dû y avoir recours. Un de tes amis est venu me voir hier. Tu parlais tout le temps de ses moulages de* serp i molot, *t'en souviens-tu ? Il est venu m'annoncer que lui aussi partait en exil... »*

Sur celle-là je n'ai rien pu y faire, je l'ai juste recopiée en entier, et je la relis souvent, aujourd'hui encore.

IL PARAISSAIT SI difficile de ne pas soi-même être prolixe ! Tout bavardait, pérorait, expliquait. Lorsqu'il n'y avait plus d'arguments, on complétait avec des slogans. L'univers entier semblait pris d'une crise de logorrhée, les mâchoires agitées par le flot interminable des discours, appels au peuple, conseils révolutionnaires... et même les nuits n'avaient plus la décence de se taire. Adébayo officiait dans la fonction mal délimitée de *conseiller* à l'Assemblée Nationale Révolution-naire. Le Commissaire du Peuple Romain Yétchénou ressem-blait à un naufragé dans tous ses vêtements. Ils ne sont pas plus grands que lui à proprement parler, mais il y a dans son maintien, quelque chose du désespoir de celui qui va se noyer dans leurs plis. Il s'agit presque toujours d'un *agbada* trois-pièces et *gôbi* assorti : l'idéologie ambiante et ses préceptes de sobriété uniformisée, respectueuse de la misère du prolétariat, ne sont pas passés par là. L'étoffe pure *wax* « de fabrication impérialiste néerlandaise » clapote carrément lorsqu'il se déplace, complétant jusqu'à la précision sonore le spectacle de ses naufrages interminables. Seul manque, l'appel au secours... car il ne prend pas souvent la parole.

Bientôt trois années que Romain Yétchénou employait Adébayo. Il n'avait pas les moyens intellectuels de se plaindre de son travail, et il savait – au flair – qu'il pouvait s'en satis-faire amplement. C'est lui, Adébayo, qui rédigea la lettre de condoléances qu'il envoya à la famille du président Ignace Boco Adjo, lorsque celui-ci se crasha du sommet de l'ANR. D'une insuffisance rénale, dit-on. La veuve pleura quand on la lui traduisit en sa présence, et lui acquiesçait en se disant « il a écrit un beau texte, Adébayo ». C'est encore lui, Adébayo, qui proposa d'offrir à l'intérimaire du défunt, un acrostiche de son prénom et d'insister sur un destin commun et un pacte de loyauté puisqu'ils portaient le même. Romain Vilon Ghézo en fut tellement touché qu'il offrit à Romain Yétchénou de siéger à la tête d'une oisive commission des cultes, et lui acquiesçait là encore, en se disant « il a fait une bonne proposition, Adébayo ». Il ne s'était jamais résolu à l'appeler « Camarade ». Il trouvait que « Camarade Adébayo, ça ne sonne pas ». Il préférait le nom Adébayo tout nu. Le gardait chevillé sur le bout de la langue.

Tellement que lorsque la Commission révolutionnaire d'Enquête vint l'interroger, c'est celui qu'il prononça.

Celui qu'il livra.

6

Il faisait un temps bête. Les nuages remplis jusqu'à ras-bord n'osaient pas déborder. L'averse ne venait pas. Octobre se retient. Adukè et moi nous tenions assises, adossées à la façade du Palais, sur une natte d'osier. Son châle couvrait mon épaule. Je fumais. Elle riait de l'une des dernières histoires que nous nous étions racontées, je ne sais plus très bien laquelle. En deux jours je lui avais parlé de tant de choses ! Elle conservait une attitude respectueuse de mes illusions, et je lui en étais reconnaissante.

C'est elle qui envoyait les lettres. Y compris celles que la mère du Professeur signait de ses propres mains. Elle parle comme ces lettres, avec les mêmes digressions et le même humour précautionneux. Elle ne nia d'ailleurs pas lorsque je lui demandai, qu'elle en avait écrit « quelques unes » ; et il n'était pas malaisé de deviner lesquelles.

« Si tu n'as rien à leur dire, toi, dis-leur mes mots. Dis-leur que je ne les connais pas, et que je les aime ». C'est presque au toucher que je reconnais ses phrases. Leur homogénéité me rendait impuissante. Douglas m'observait avec curiosité. Il savait, lui aussi sans doute, que je devais soit les administrer en entier, ou les remplacer. *Que je ne pouvais pas les modifier et que, au moins face à ces phrases-là, notre expérience était une gageure... Et il souriait immanquablement du choix que je faisais : les laisser entières.*

« *Le Professeur m'avait dit qu'il était enfant unique* ». Adukè me regarda à-travers ce sourire passablement moqueur de notre première rencontre, lorsque je lui avouai que je fumais. « *Je ne suis pas ta tante, si c'est ce que tu veux savoir* ». Sa voix frissonna sur les dernières syllabes comme si elle attrapait froid. Quand je me tournai vers elle, elle ne souriait plus. La lumière de l'après-midi voilée par les nuages abstinents jetait sur son visage un reflet métallique. Qui traçait ses lignes. Des reliefs figés, gravés sur l'espace. Au couteau. Puis elle se réveilla de son immobilité et me sourit encore. Cette fois, le frisson déteint sur son sourire.

« *Pourquoi donc l'appelles-tu professeur ?* »

En trois secondes, à la manière d'une chorégraphie déréglée, les nuages abstinents s'écartèrent. Le soleil piqua du nez. L'averse fondit sur nous.

Molot déclarait à qui l'interrogeait et à qui ne l'interrogeait pas, qu'il *se mettait à l'exil*. À l'entendre, *l'exil* faisait plus penser à une nouvelle addiction à la mode qu'à ce trop grand mot dont des politiciens médiocres se brûlaient le palais. Il bombait son torse de fierté toute adolescente en passant chaque matin devant l'école primaire. Regardait les écoliers, les yeux attendris, puis échouait à leur dire quelque chose de solennel. Quelque chose qu'il aurait voulu être *de vraies paroles d'exilé.*

À cette époque, l'immobilité de 1977 était déjà loin derrière. Restaient des esprits ankylosés qui n'osaient pas aventurer leur pensée loin de ce sentiment de *patriotisme* si chèrement défendu dès janvier. On avait appris aux enfants que « les forces déstabilisatrices » s'étaient heurtées à « l'ardeur révolutionnaire » du peuple uni. Que les traîtres de la République seraient pourchassés jusqu'à leurs derniers retranchements. Que la Révolution triomphait. Que Vive la Révolution ! On exposait des coupables – réels ou d'entraînement – sur les places publiques, et on les lynchait avec une égale fureur. À cette époque, Cotonou exigeait l'exil forcé pour les indignes, et les dignes se condamnaient eux-mêmes à cet exil qu'ils disent volontaire. On pensait pour les premiers que l'on leur évitait ainsi de souiller la Patrie de leur sang déshonoré, et les autres pensaient tous seuls qu'il existait une forme d'honorabilité dans la fuite. À cette époque, le temps se concentrait par caillots autour de certaines institutions – le Haut conseil de la Révolution, le Parti... La vie politique comme frappée d'un infarctus, se paralysait l'espace d'un bras de fer, puis recommençait à cahoter dans la cohue des certitudes de chacun.

Mais déjà le retentissement des slogans ne couvrait plus le tumultueux murmure des incertitudes. La passion des grands discours commençait à s'effriter, ainsi que l'ardeur des chansons de la formation idéologique. Molot le premier s'en aperçut. « Il n'y a plus personne dans notre Histoire », protestait-il lorsque que sa mère le suppliait de *faire quelque chose de sa vie.* « Pourquoi donc travailler ? »

Pour lui, l'Histoire avait commencé par cette déclaration qu'il avait entendue à la radio au début de l'année 1977. La voix vibrait comme une barre de métal qui tombe. Elle se voulait sans la moindre inflexion... On pourrait en couper les mots à la hache. Les gens s'y sont engouffrés, comme sur des gradins, dans l'attente du spectacle. « Il y avait beaucoup de monde dans cette Histoire, maman ! Une foule ! ». Des hommes et des femmes qui croyaient que l'extraordinaire du destin commun déteindrait inéluctablement sur leurs sorts individuels. Qu'un scribe invisible et omniscient tenait un grand livre où on pourrait bientôt lire leurs noms à côté de l'année 1977 écrite en toutes lettres... calligraphiée plutôt. Mais les gens ont très vite commencé à s'ennuyer. Chacun s'en est retourné à ses particularités, et l'Histoire est restée déserte. Sans personne pour la faire.

Et Molot *se mit à l'exil*.

L'on pénètre dans la *Taverne à Lénine* par une porte qu'il n'est plus besoin de pousser : des ivrognes l'ont tant de fois défoncée qu'elle demeure ainsi. Pas ouverte. Défoncée. L'établissement dispose pour tout meuble, d'un comptoir taillé dans une épaisse masse de rouille. Les clients y font dos au monde, et leur hôte lui fait face. Il y a bien une table en bois et quatre chaises qui se regardent deux à deux, dans un coin tout près de l'immense portrait de Lénine, mais ils ne comptent pas : seuls les *exilés* s'y asseyent. Comme Molot, comme le tavernier. C'est une espèce de romantique-silencieux retenu prisonnier dans son imposante masse de chair maladroitement parfumée. Il exhalait un malodorant mélange d'alcool digéré et de fragrances de citronnelle que l'on extrait à prix d'or dans les usines artisanales du Centre du pays. On raconte qu'il fume tout ce qui lui passe par la main, du crack, de l'herbe, du tabac, sa fortune... et qu'il avait créé cette taverne d'abord pour avoir la liberté de fumer à sa guise.

Puis, lui est venue l'idée de vendre de l'alcool, et, avec la Révolution, de la vodka russe.

Ses premiers clients furent d'abord les gens de la nuit. Ceux qui ont les rêves trop agités pour s'aventurer dans leur sommeil et ceux qui arpentent la marge d'une certaine morale sociale à la quête de personne ne sait vraiment quoi de fou et d'excitant. Ensuite, il eut l'idée de créer une table « *spéciale exilés* ». C'était peu avant la fin de l'année. On répétait tellement le mot *exil* qu'il voulut en tirer une bonne affaire. Il décida d'ajouter en indice à l'enseigne de sa *Taverne à Lénine,* les mots « *Un bout d'exil pour vos ivresses et vos oublis* »... C'est le *l* de *exil* que les révoltés de la Grande Grève effaceraient quelques années plus tard avec de la bouse de vache, pour réécrire un *t* à la place : « *un bout d'exit* ».

Voilà le seul endroit où le Professeur ne doutait pas qu'il retrouverait Molot : lorsqu'on décrète l'exil pour soi-même, il reste. Même après. Il avait congédié son chauffeur à quelques mètres de la grande enseigne devenue lumineuse, ce qui en rendait le rouge encore plus piquant pour les yeux. Ses clignotements irréguliers lui renvoyaient l'image d'une mâchoire démolie par des coups, et qui cracherait son sang à même la nuit. La taverne serait cette mâchoire géante à qui la Révolution aurait cassé la gueule. En témoigne le *e* brisé de *Lénine* transformant son nom en un correspondant masculin, *Lénin,* impertinent. En témoigne l'escalier descendant l'entrée où l'on trébuche désormais, avec ses deux marches qui se délitent... en témoigne, s'il le faut encore, le comptoir désert et le coude du tavernier enraciné dans le métal, dans cette position du Penseur, qui regarde le fonds de son verre comme on contemple l'étang qui va vous noyer.

Le Professeur se dirigea directement à la table des exilés. Le portrait de Lénine avait disparu, mais rien d'autre n'avait changé : Molot somnolait.

CLAUDE BIAO

.

7

A̧UTANT LE DIRE TOUT DE SUITE, MES NUITS ME VONT comme des gants. Ce n'est donc pas dans une quelconque insomnie que j'irai chercher les raisons de cette nouvelle vie nocturne. Je ne dirais pas non plus que mon père, toujours sorti depuis que nous sommes arrivés à Cotonou, me donne des nuits passées à l'attendre : je ne l'ai jamais vraiment attendu, ni dans ses absences, ni dans sa présence. Le chauffeur et la voiture restent généralement avec lui. Il vient dans ma chambre le matin, me demande si tout va bien, si je n'ai besoin de rien... puis m'informe qu'il va retrouver quelques amis, si je veux venir avec lui... non ? À ce soir alors ; et toute cette conversation ne lui coûte pas plus de deux répliques d'une phrase inachevée chacune. Les chuchotements dans la chambre de Adukè sont plus prolixes. J'aimerais entendre ce qu'elle lui raconte, ce qu'il lui répond. Parfois je perçois un mot. Ou deux, pas plus, et mon esprit brode.

Adukè se décline en une multitude de nuances sur le fond blanc de la nuit. Entre les heures qu'elle passe à jouer des casseroles en marmonnant, et la fin de l'après-midi qui accouche d'une autre femme, je reste admirative de ses mille bras, de ses jurons en anglais, et de ses mots d'affection en yoruba. Elle parle trois langues, comme on habite trois maisons. Une pour avoir un toit au-dessus de sa tête, une deuxième pour se plaindre d'être la seule à tout faire, et une autre pour les choses du cœur.

Pour elle, le français fonctionne. Elle aime ses phrases bavardes et sa mécanique. Elle vit au quotidien dans cette langue, et ne regrette pas de l'avoir apprise elle aussi, sur le tard, alors que l'école révolutionnaire commençait à menacer d'enseigner dans les ethnies nationales. Il n'en fut rien, raconte-t-elle, et lorsqu'elle apprit qu'elle aurait le choix entre l'anglais et le russe, plutôt qu'entre le fongbé et le baatonou, elle répéta un juron qu'elle avait entendu prononcer dans un film dont elle ne sait plus le titre : Goddamn ! Et l'instituteur marqua « Anglais » sur sa fiche. Les gémissements et les injures furent tout ce qu'elle en apprit. Elle dit que cette langue geint et jure comme aucune autre. Elle dit que les langues comme elle, très brute sur les grossièretés, sont tout aussi douces sur les plus belles émotions... s'il n'y avait pas « notre yoruba natal ».

C'est elle, je crois, qui m'apprend la nuit. Elle n'est plus retournée à sa forge depuis que nous sommes là. Et puisqu'elle s'en trouve moins épuisée le soir tombé, nous marchons entre les lampadaires éteints, les feux tricolores qui clignotent sur l'orange, et la lune tantôt vide, tantôt pleine. Les étoiles semblent être les seuls luminaires qui fonctionnent dans les nuits de Cotonou.

Le rituel naquit entre nous pour avorter la routine. Lorsqu'arrivait l'heure, je faisais mine de sortir fumer. Elle repliait le livre qui l'occupait, ou le journal, ou rien du tout, et me rejoignait en quelques minutes. Son châle me prenait par l'épaule, et les fragrances de mangue et de rouge à lèvres nous donnaient le signal. Elle me parlait de ses lectures : Sartre tous les jours, et deux ou trois romans entre deux chapitres de l'un ou de l'autre de ses titres. Moi je ne lui racontais que celles que je n'avais pas aimées, incapable de dire pourquoi les autres me plaisaient. On retient avec une égale fermeté, les livres que l'on a aimé et ceux que l'on a détesté. Comme si la machine de la mémoire plaçait des bornes sur ces marges pour orienter nos choix, façonner notre goût. Sauf qu'il s'en trouve qui se placent hors du classement de ce que l'on aime ou n'aime pas. Et ce qui vaut pour les livres se transpose aussi pour moi, sur les humains. Mona et ses histoires de cœur, le Professeur et ses histoires muettes, Adukè et ses histoires... j'avais simplement la certitude qu'il fallait tracer une jonction entre les trois, sans savoir le point de départ ni d'aboutissement de celle-ci. L'expérience des lettres a été ma première tentative, il ne s'agissait pas que d'un jeu. Mais elle était aveugle de l'existence même d'Adukè ; et puis Douglas a souhaité que nous nous arrêtions.

Il a surgi dans ma chambre comme quand on monte soudain le son d'un film d'horreur. Le souffle court, fulminant contre l'ascenseur qui ne venait pas, le froid et l'odeur de chaussures dans les escaliers, la journée qui le prenait au collet et ne lui laissait aucun répit, les lettres qu'il devait livrer, celles qu'il avait déjà livrées, les gens qui écrivent encore des lettres dans notre siècle... « Tout va bien, Camilia ? », s'est inquiétée Mona, de la cuisine où elle s'occupait de ses oignons. « C'est Douglas. Il a fait un faux départ, et il doit recommencer sa journée. »

« On s'arrête ? », il a soufflé.

« Oui ». Il ouvrit son cartable, en tira la dernière enveloppe. Elle était beige, et l'écriture couchée de l'adresse faisait penser qu'un écolier trop appliqué l'avait écrite. « Non. Livre-la ». Un mince filet brun débordait sous le rabat de l'enveloppe, là où j'imaginais que la colle avait léché... ou la salive. L'idée de ce que j'aurais pu faire de cette nouvelle lettre – ouvrir, lire, réécrire, fermer, rendre – me remplit soudain de dégoût. Voici sept lettres que nous nous adonnions à cette expérience. Les enveloppes fermées d'abord, puis ouvertes, et refermées ensuite, devenaient la seule mesure de temps valable. Non qu'elles fussent régulières ou qu'il fallût s'y fier outre mesure, au détriment des jours et des semaines ; mais leur arrivée et leur départ créaient comme le jour et la nuit, deux entités temporelles distinctes et entraînantes.

Douglas arrivait toujours tôt le matin, traînant dans son sillage la bave jaunâtre des aurores. À cette heure-là, Mona avait déjà laissé refroidir un premier café et s'affairait, entre écharpes et essais, pendant que le second se gaspillait à tiédir. C'est elle qui m'annonçait que mon ami arrivait : « cher Douglas ! », saluait-elle d'une voix forte, avec cette manière de s'abattre sur le "gl", à s'arracher la gorge. Je me réveillais en sursaut, courrais à la cuisine, et buvais ce café avant qu'il ne devienne totalement froid et bon à jeter. Et elle faisait mine de s'indigner : « mais tu bois tout mon temps, chérie ! » ; de ne plus avoir une minute – une goute de café – à perdre : « j'y vais ! »... puis elle venait m'embrasser à même ma somnolence.

L'expérience ne touchait que les lettres de Mona et celles du Professeur, et ce dernier est celui qui en recevait le plus. Sa mère les signait toutes, mais je sais maintenant qui les écrivait. Lorsque Douglas devait les livrer, il me les remettait d'abord... et ensuite on pouvait les déposer dans la boîte aux lettres. Au départ, l'idée était de les embêter. Ils ne pouvaient pas deviner que les lettres avaient été réécrites, et il n'y avait pas beaucoup de changement à apporter dans les vacuités qu'on y inscrit pour se donner l'impression de partager le même usage de vivre et d'être amis ou parents.

À Mona, elles parlaient presque toujours du temps qui est plutôt ceci ou plutôt cela, du soleil auquel il aurait définitivement fallu mettre une bride, de la pluie qui ne prévient plus comme avant, de l'ennui... Au Professeur, elles parlaient d'absences et de politique. Des candidats au départ que l'on décrivait avec l'amertume pleine de reproches de ceux qui restent et qui ne jettent pas l'éponge, de ces autres qui restent mais dont la présence n'est pas différente d'une absence, de solitude aussi. Toutes ces choses qui pour l'une et pour l'autre me donnaient l'envie de les introduire par « il était trois fois rien »... Jusqu'à ce que tombent entre mes doigts les mots incandescents d'un expéditeur qui signa Molot.

CLAUDE BIAO

.

8

C'EST CELUI DONT PERSONNE NE PARLE EN GÉNÉRAL. PAR
pudeur, mais aussi par respect pour cette espèce de mythe
qu'est devenue la ville de Ségbana. Mythe de la torture et de
la déshumanisation. Mythe de l'absence. Il naissait, en 1972,
lorsqu'il fut décidé que le Bénin serait Révolutionnaire ou ne
serait pas. Ses parents n'arrivaient pas à déterminer si la plus
grosse farce était cet enfant que tout le monde attendait, sauf
eux ; ou les discours flambants de naïveté que le régime militaire dardait à tous vents. Ils le nommèrent Hilaire, s'attendant secrètement à ce que l'un ou l'autre – lui ou la
Révolution – se retire en éclatant de rire : « je vous ai bien
eus ! »...

Mais la Révolution s'installa. Hilaire ne partit pas.

Son père avait été diplomate. Il avait terminé ses études à
la Sorbonne où il côtoya les personnes qui courent désormais
les couloirs des plus grandes décisions, et estimait que l'admi-
nistration de son pays le gaspillait à signer des actes que la
moitié de la population ne saurait pas lire, et à écrire des
discours que les plus lettrés comprendraient seulement au
premier degré. Dans un mouvement d'amertume et de décep-

tion, il entra en politique, se fit placer une dent de plomb, et prit femme... et le régime marxiste décréta qu'il était réaction-naire, sa dent de plomb lui causa des douleurs, et sa femme lui causa un gosse ; dans un égal mouvement de revanche et de réprobation.

À Ségbana, les gens ont oublié son nom à force de lui donner du Monsieur. Les gardiens de prison, tortionnaires et autres enfants de la même rigueur-de-la-loi *s'occupaient de lui* avec une espèce de déférence sincère et incohérente. Pour l'interroger sur les forces impérialistes qui l'ont contacté, pour lui administrer les dogmes Révolutionnaires portés à bout de matraque, pour les besoins de sa *rééducation idéologique...* ils lui disaient « monsieur », lui disaient « vous », lui disaient « s'il vous plaît », l'aidaient à s'asseoir, l'aidaient à se relever après la fessée. Les autres prisonniers, ne savaient pas s'ils devaient l'envier ou le plaindre. L'un d'eux a hasardé un rire une fois, pour rien, pour essayer une attitude. Il a été enfermé dans une étroite cavité aménagée tout juste en dessous des toilettes, et où l'on pouvait entendre tomber, goutte à goutte, les fuites d'urines et d'eau mêlée à la diarrhée permanente des autres détenus. Le Trou.

Hilaire grandit avec la conviction que pour être père il faut être emprisonné. « C'est comme ça », lui avait répondu sa mère en regardant ailleurs, lorsqu'il lui demanda pourquoi ils devaient rendre visite à son père en prison, et pas l'inverse. Et il avait compris cela exactement. Que la vie était ainsi faite. Que de même qu'une femme devait boire beaucoup de gari pour avoir un enfant, un homme devait être prisonnier pour accéder à la paternité. Personne ne démentit. De Cotonou, sa mère déménagea à Ségbana avec lui, dans le sillage de leur mari et père. Elle devint marchande de savons, puis de char-bon, et un peu d'elle-même aussi pour finir... au gré des fluc-tuations du marché et des mois où elle devait investir tout son capital en cadeaux lui permettant d'obtenir le droit aléatoire de voir le père de son enfant. Cela aussi, Hilaire le comprit comme s'inscrivant dans *l'ordre des choses,* comme l'une des nombreuses façons de prendre sur soi.

Il vécut sa propre histoire comme un passager clandestin, embarqué dans un parcours qui n'est pas le sien et qui de toute façon aurait dû l'exclure d'office. Dans les rues de Ségbana puis de Cotonou, ceux qui le connaissaient, le connaissaient par rapport au diplomate que l'on emprisonna parce qu'il pactisait avec l'impérialisme étranger. L'enviaient ou le réprouvaient en fonction de cette part de sa biographie qu'il n'a pas écrite et qui reste intimement sienne. Son avenir à lui – son destin – semblait se déployer précisément dans le sens inverse. Non pas qu'il fût tracé à l'avance comme pour les grandes familles qui inscrivent la bourgeoisie dans leur patrimoine génétique et où, plus que d'être des bourgeois, on *appartient à la bourgeoisie ;* mais simplement qu'il était un personnage secondaire dans sa propre existence.

En grandissant, il commença d'abord par bouder l'école. Les enseignants du primaire lui avaient appris que l'on s'y rendait pour savoir lire, écrire et compter. Et il les prit au mot lorsqu'en sixième il acquit la certitude que manifestement il lisait, écrivait et comptait potentiellement tout ce qui se peut. Cette année-là, l'année de sa sixième, sa mère décida de revenir à Cotonou. Son père était mort, racontait-on, en tombant à genoux, en pleine cérémonie des couleurs, dans la cour intérieure de la prison.

Et on avait décrété qu'il était trop jeune pour voir sa dépouille.

C'est l'année où il commença à fréquenter la *Taverne à Lénine.*

. . .

« L'Harmattan *a une odeur de brume poussiéreuse proche de celle du fonio cuit, disait-il en gardant les yeux plongés dans le vide de la route. En général, je reconnais la saison à ses fragrances si différentes de celles des pluies. Le froid ou le vent sec ne sont rien, ils peuvent tromper, mais c'est la seule saison où je me réveillais avec l'impression que mon petit-déjeuner est servi ».* Adukè plia son cou en deux pour échanger avec moi un regard amusé. Le frottement de sa ceinture sur le cuir du siège se mêlait comme un grognement à la musique déjà ronchonneuse du poste radio.

Le Professeur conduisait.

« *Ta fille dit que tu es handicapé de la parole... ceci doit être le record de la plus longue phrase qu'elle t'entend prononcer !* ». Il avait surgi de la nuit quelques minutes plus tôt comme on se libère d'une embuscade, tenant dans sa main droite le téléphone pas encore raccroché, et portant son pyjama de travers. Adukè et moi rentrions de notre promenade. Le Palais semblait pris dans un mauvais sommeil, entre le froid de ces nuits qui hantent la saison sèche, et nos inquiétudes silencieuses. En général, il n'est pas rentré à cette heure-là. Pas depuis que Cotonou l'absorbe tout entier, avec ou sans chauffeur dans ses rues polymorphes. Pas depuis qu'il a entrepris de retrouver toutes ses absences et d'en guérir ou de les panser tout au moins avec l'espoir que cela comble la face creuse de ses souvenirs que les mots ont déserté. J'allais dire quelque chose, pour rien. Pour l'embêter... est-ce que le fantôme de Mona s'est frayé un chemin jusqu'aux portes de sa nuit ? Est-ce que son corps lui refusait le sommeil avant de m'avoir embrassée ? Mais Adukè m'a prise de vitesse, en se taisant de cette façon qui impose le silence aux autres.

« *Hilaire a téléphoné* ». Sa voix faisait frémir ses vêtements et il montrait le téléphone comme pour désigner un coupable.

« *Le chauffeur est parti, je n'ai pas de permis de conduire. Tu prends le volant, nous venons avec toi.* »

La voiture dévala le Boulevard des Armées d'une traite. J'eus à peine le temps de m'amuser à imaginer qu'un constructeur plaisantin avait pu en remplacer le moteur-essence conventionnel par un double turbo d'avion. En arrivant place de l'Étoile Rouge, sa vitesse de brisa aussi soudainement pour prendre corps avec l'immense serpent métallique qui rampait paresseusement sur toute la longueur du rond-point. Le Professeur s'impatientait, hasardait quelques coups d'accélérateur, s'abattit même deux fois sur le klaxon, puis soupira. Impuissant. De bolide fulgurant, le véhicule devenait l'insignifiante écaille d'une mécanique circulaire. Se traînant sur l'asphalte tel un escargot réticent au mouvement, grognant toute la puissance qu'il aurait voulu déployer à bondir. Devant nous, et derrière... partout, d'autres écailles de la route tout aussi insignifiantes, d'autres coups de klaxons, d'autres urgences que les accélérateurs ne savaient pas résorber. Des zémidjan faufilaient leurs motocyclettes en se criant des salutations ou des injures. Ils avaient l'air de venir tous du même endroit et la circulation ressemblait à une gigantesque fuite vertigineuse de phares et de couleurs, à portée du carambolage.

« *Il paraît qu'il écrit des livres maintenant. Il raconte Ségbana à des inconnus qui ne comprendront jamais, et qui se demanderont sans doute pourquoi il leur dit cela à eux. Moi aussi je me le demande. Qu'est-ce que ça peut lui faire de se raconter... de nous raconter ainsi ? J'ai toujours eu la conviction que... et puis peut-être bien que c'est sa façon de s'enfuir et de renier. Le tout ne suffit pas d'être soumis à la fatalité de l'existence, s'il ne se montre pas capable de s'en défaire convenablement... et puis peut-être bien que... *». *Sa voix paraissait étrange. Comme si elle se précipitait sans qu'il n'ait le temps de lui donner une tonalité humaine. Je ne l'avais jamais* entendu parler aussi longtemps, et de la même manière que l'on est un peu grisé par une longue exposition à un bruit trop fort, j'en éprouvais un léger tournis. Adukè se taisait. Moi je l'écoutais, et j'en redemandais. Je percevais bien que pour une fois qu'il voulait prendre la parole, il ne savait manifestement pas par quel bout la prendre. Des résidus de je ne sais trop quels souvenirs ou quelles inquiétudes se pressaient entre le dire et le taire... et en s'étirant indéfiniment dans le râle nonchalant des moteurs, le carrefour lui faisait décidément perdre patience.

« Je n'en reviens pas, tu as parlé plus de trente secondes ! », regrettais-je déjà de m'entendre me moquer.

Et lorsque nos yeux se croisèrent dans le rétroviseur, je réalisai que nous ne nous étions jamais vus avant. Il a les yeux grands et marron.

9

Sᴀ ᴠᴏᴄᴀᴛɪᴏɴ à ᴘᴀʀᴛɪʀ ꜱᴇ ᴄᴏɴꜱᴏʟɪᴅᴀ ᴀᴠᴇᴄ ʟᴀ ᴄᴇʀᴛɪᴛᴜᴅᴇ de la culpabilité de sa mère. Un moment, il s'est dit qu'il n'avait plus rien à faire dans le Palais. Tout naturellement. Comme lorsque l'on se cogne la tête en faisant du bricolage, ou que l'on éternue en nettoyant des meubles pleins de poussière. C'est une saison dont les chaleurs ne s'éteignent pas dans sa mémoire. Il ne se souvient plus de l'âge qu'il avait, ni des dates, encore moins des démarches qu'il entreprit alors... mais il pouvait presque toucher chacun de ces jours-là dans le creux de son esprit, en sentir la brûlure du soleil et l'odeur de sueur et de lavande.

Sa mère se parfumait déjà au *Lavandia*. Elle s'en signait pour tout dire, comme à l'eau bénite ; avec le même religieux qui peut déborder d'une vie que l'on ne sait plus à quel saint vouer, et où l'on essaie plusieurs croyances dans l'espoir d'en trouver une qui vous sied. Longtemps après cet évènement que les intéressés baptisèrent pudiquement « son époux », elle courut les églises pour prier tous les dieux possibles, au moins accessibles. Hanta les assemblées de délivrance et les messes de guérison intérieure... Lui attendait qu'elle cesse enfin d'être

l'absente compulsive qu'elle devenait et en attendant, il savait
intuitivement que, passé un certain seuil, il partirait.

Il ne s'agissait pas d'une science consciente. Comme
Molot, comme Hilaire... comme Adukè, chacun dans sa
mesure, il *savait* à un instant précis, par une conjoncture liée à
la maturation du temps, qu'il *devait* plier bagages. Peut-être
que cela vous arrive comme l'adolescence ou les premières
pollutions nocturnes, peut-être qu'on le prépare sans en avoir
pleine connaissance... peut-être aussi que c'est cela que lui
annonçaient ces journées brûlantes, et l'odeur de *Lavandia*
que sa mère rinçait dans sa propre sueur.

Une étude sur laquelle il tomba dès ses premières années
de thèse désignait ce phénomène par l'expression lyrique et
savante des *enfants de l'exil*. L'auteur partait de considéra-
tions absconses sur de prétendus « glissements d'identités »
qui seraient à l'origine d'une remise en cause de la détermination sociale de soi et de l'image que l'on se projette – comme
avec un miroir. Selon lui, un évènement – qu'en panne d'ins-
piration il avait nommé « *L'Évènement* » – survenait entre le
moment où l'adolescent cesse de s'identifier socialement à ses
parents et le moment de « l'être proprement soi » qu'il faut
traduire à peu près par une espèce de maturité sociocognitive.

C'est l'instant précis où pouvait intervenir le fameux glis-
sement d'identité, qu'alors il faut appréhender comme une
fuite hors de sa détermination sociale décrite comme *natu-
relle,* vers la fatale éclosion d'un éventail de possibles soi-
même : le départ, sous toutes ses coutures... « *Je* n'est pas
simplement autre, concluait-il alors, fier d'avoir inventé une
belle formule, *je* est un jeu de rôles. »

Le Professeur se souvient encore du nom de cet auteur.
Abayenzi, exilé lui aussi. Un hutu austère, tombé du drame
rwandais comme on tombe d'un grand arbre dont on croyait
bien tenir les branches. Il l'a souvent rencontré plus tard, a lu

d'autres de ses travaux... et n'arrivait pas à s'empêcher de se représenter mentalement la scène où après avoir chuté de son arbre il se cognerait continuellement la tête contre le tronc pour essayer d'en sortir l'engrenage mécanique qui l'a emmené jusqu'aux portes de la fuite. Il éprouvait une forme d'enthousiasme à lire toutes ses théories, même s'il rechignait irrésistiblement à les envisager pour définir son propre exil. Parce que se disait-il, Abayenzi est un savant, c'est-à-dire quelqu'un qui ne comprend rien à rien.

Pendant longtemps, Le Professeur a mentalement identifié Hilaire à cet Abayenzi. Leurs apparences physiques sont contraires certes – le premier se développe au ras du sol comme une fleur sauvage alors que l'autre s'élance, longiligne jusque dans le sourire – mais ils possèdent tous les deux une tendance similaire à s'expliquer à la manière d'objets dont ils seraient les observateurs privilégiés. Depuis leur adolescence déjà, Molot l'avait averti que leur ami « n'est pas tout seul dans son esprit ». C'est lui qui a pris l'initiative de les présenter : « tu vas voir, riait-il, on ne guérit pas de l'avoir entendu. »

Hilaire vieillissait à vue d'œil entre le moment où on le saluait et celui où on en prenait congé. Il était d'au moins cinq ans leur aîné à tous les deux, mais il fallait qu'ils discutent avec lui pour s'en apercevoir, alors qu'il parlait de cette époque – pas encore la sienne à proprement parler – dans laquelle il semble définitivement embourbé jusqu'au cou. Il habitait avec sa mère une spacieuse villa héritée du père-prisonnier et qui se délitait manifestement sous la turbulence des saisons.

Pourtant la mère et le fils ne s'en inquiétaient guère, persuadés – de cette manière de persuasion que personne ne parvient à expliquer – que la dernière pierre de leur villa tombera lorsque le dernier d'entre eux aura poussé son dernier soupir. Pour l'heure, ils n'en utilisaient que deux des sept pièces, ne se rendaient jamais dans le salon où dorment des meubles en douglas densifié et verni au parfum d'oranger, ni n'ouvraient la porte d'entrée principale où autrefois, les visiteurs se pâmaient de stupéfaction devant le bas-relief représentant l'érection arrogante d'un pénis qui tire pour ainsi dire, un ultime feu d'artifice. Cette porte faisait la fierté du père-prisonnier de son vivant. À tous ses visiteurs interloqués, il expliquait qu'un artiste russe d'avant-garde, au nom impro-nonçable, la lui avait offerte, toute sculptée, en prévision de la construction sa future maison. Et il n'avait pas su repousser le cadeau. Tous déploraient unanimement qu'un diplomate de son rang fût obligé de conserver dans son domicile, une œuvre aussi choquante... et aucun ne manquait l'occasion de se faire inviter ou de s'inviter soi-même, pour venir l'observer à nouveau en fronçant les sourcils. « C'est comme le Sodabi, marmonnait-il à l'endroit de sa femme : il vous incendie la gorge, vous grimacez en l'avalant, et puis vous vous servez un autre verre ».

Celle-ci trouvait son époux trop provocateur et le suppliait constamment de remplacer « ce truc » par une porte plus décente. Ce qu'il promit. Dans la foulée des promesses que l'on fait et qui ne comptent pas vraiment. « Je reviendrai à la maison très vite. Ne t'inquiète pas. Tout ira bien. Et nous changerons même cette porte si tu veux... » pendant que deux militaires le pressaient de monter dans la fourgonnette. « Prends bien soin de nous, et surtout... » ce n'est pas le bruit du moteur qui couvrit le son de sa voix, mais plutôt ce silence qui vient effacer le monde à vos oreilles, lorsqu'il vous pose trop de questions en même temps.

Elle a refermé *le truc*, et plus personne ne l'ouvre depuis.

C'est pourquoi Molot et Le Professeur arrivèrent cet après-midi-là par la porte de derrière. Celle que Hilaire et sa mère utilisent. Elle donne, bien à-propos, sur les deux pièces qu'utilisent le fils et la mère : le bureau paternel, et l'ancienne chambre conjugale. Hilaire se tenait entassé devant un livre neuf sur le pas de la porte... et lorsqu'il se dressa en entendant la voix de Molot, le Professeur ne put s'empêcher de se réjouir du fait que contre toute attente, lui aussi possède une taille. « Venez, je vais vous montrer un jeu ! », souffla-t-il pour tout accueil. Il sourit à Molot et à son ami quand le premier entreprit de présenter le second, et ajouta : « j'ai vu ça dans un des livres de papa. Ça s'appelle le dilemme du prisonnier. Venez ! Je vous montre ».

Hilaire habitait le bureau de son défunt père, comme sa mère la chambre conjugale. C'est le seul endroit où il était capable de noyer son absence. Il s'agit d'une petite pièce carrée où des livres ont poussé de partout comme des fleurs sauvages. Ils envahissent tout l'espace partagé par ailleurs avec une petite table et sa chaise, et un tapis où l'occupant étalait vraisemblablement toutes ses nuits. On compte au moins deux cent livres de toutes les couleurs. Peut-être plus. Ils donnaient le spectacle de tomber chacun de son étagère, comme les fruits d'un arbre fruitier, et de pourrir sur le plancher à moins que Hilaire ne les ramassât pour les dévorer d'une seule bouchée ou au contraire pour les *fumer*.

Ses amis peinaient à regarder les ouvrages auxquels il a fait subir ce dernier sort. Les pages déchirées, les couvertures soigneusement découpées autour de chaque lettre du titre ou du nom de l'auteur... comme si la seule chose qu'il pouvait faire avec soin c'était précisément de détruire. « Je ne les déchiquette pas, je les fume, c'est différent », se défendait-il sans conviction. Molot ne pouvait pas s'empêcher de grincer d'un petit rire désapprobateur : il savait bien que les pages des livres qu'il a beaucoup aimé lire lui servent souvent de papier pour plier ses joints. « Une façon de m'enfumer avec les plus belles idées des autres », haussait-il les épaules, mais ils s'accordaient tacitement pour que ce désaccord ne franchisse jamais les lèvres du regard.

C'est une autre de ces pages malheureuses qu'il pliait soigneusement autour de son tabac. Sans parler. Sans vraiment s'occuper de ses amis non plus. Ses gestes ont la solennité d'une lubie et le dérisoire d'un rituel, alors qu'il lit une dernière phrase sur le papier mutilé, y jette son tabac, et entreprend de le rouler. Le regard du Professeur est capté en ce moment précis par la phrase qui définitivement va le lier – ou le délier – à Sartre : « *une fois l'espérance du salut rangée au magasin des accessoires, que reste-t-il ? Un homme, fait de tous les autres hommes, et qui les vaut tous et que vaut n'importe qui* ».

10

« CHEZ NOUS, LES GENS NE CROIENT PLUS EN RIEN. ILS disent la Révolution avec les mots de tous les jours désormais, puisque les autres se sont émoussés à force de trancher dans le vif, à tout venant. En adoptant le socialisme scientifique, nous avions l'heureuse illusion de nous affranchir du surnaturel... et même de la possibilité de son existence. Nous nous en sommes effectivement libérés, comme de la science même et de la raison, comme de la latitude de nous interroger sur tout, sans discrimination.

C'est l'épicière qui la première, se déclara formellement athée. Celle de la grand-rue, après la haie de flamboyants derrière l'Église Bon Pasteur. Elle explique que de toutes façons, Dieu c'est comme les oignons, ça vous pique les yeux quand vous les coupez, et vous croyez que vous pleurez parce que vous avez du chagrin, alors qu'en fait non. Et elle estime qu'il suffit de le nier pour anéantir la possibilité même de son existence. Et elle croit qu'il n'existe pas de Dieu, aussi religieusement qu'elle avait cru qu'il présidait au ciel et à la terre. Elle n'est pas athée à proprement parler : elle a simplement changé de religion.

... »

C'est l'une de celles que j'ai gardées intactes et dont une copie reste toujours dans l'un des livres que je lis, me servant à la fois de marque-page et de page marquée. À l'époque j'avais flairé que l'expéditeur différait des autres après ses deux premiers paragraphes... et la signature m'avait donné raison : Molot. Je ne peux pas dire qu'il fait nuit dans cette lettre. Mais il n'y brille pas le même soleil mélancolique qui réchauffe médiocrement les autres. On n'essayait pas d'être joyeux ou enjoué, on n'essayait même pas d'être, à vrai dire. Molot – je ne reverrais plus jamais ce prénom nulle part – n'avait pas écrit de « Cher ami » ou de « Cher » ceci ou cela, ni même de date. Seulement, et très probablement en hésitant, « mardi », sur le coin droit.

Je suis entrée dans ces lignes sur les chapeaux de roues, saisie pour ainsi dire, dans des idées en chute libre. Je n'avais pas prévu qu'il y ait des conséquences. Je n'avais rien prévu, sauf l'amusement de voir les visages de Mona et du Professeur changer d'apparence en lisant leurs lettres réécrites. Et pourtant en relisant cette lettre-là, je compris ce que signifie destin. Que l'imbrication des circonstances, la construction de conjonctures plus ou moins coupables, ne valent pas souvent cette incertitude péremptoire qui ne détermine pas à vrai dire, mais moule l'être à-travers les cahots du temps et de l'espace. Une liberté fatale et si déconcertante que, faute de savoir quoi en faire, l'on s'érige tout de suite des prisons. Le besoin fondamental de l'homme, me surprenais-je à penser, ce n'est pas la liberté, mais les restrictions qui la délimitent.

« Ta mère ? Elle est morte de t'attendre. Elle n'avait plus de mots à mettre sur ton silence, et nous étions tous trop appliqués à respecter le sien ». Adukè semblait épuiser dans ces phrases, tout ce qu'il lui restait de mots. Le ton n'était ni celui du reproche, ni celui du regret. Peut-être de l'essoufflement. La respiration battante lorsque l'on essaie de faire de longues inspirations et expirations après une course de fonds : un cœur battait dedans.

« Nous ne t'avons pas attendu. »

Le Cimetière Municipal N°2 se construisit tout seul, lorsqu'en essayant d'enterrer des morts dans le premier l'on se rendit compte qu'il fallait en déterrer d'autres. Les familles scandalisées par les troubles causés au repos éternel de leurs proches, avaient adressé plusieurs recòurs à la mairie de Cotonou, interpelé le conseil des ministres, le Parlement... puis elles s'étaient contentées d'assassiner un proche parent du ministre de l'intérieur. Et puisqu'il fallait enterrer son mort, le ministre se rendit compte qu'il n'était plus possible de le faire décemment, sans en déloger un autre. Il s'offusqua du fait que ses services ne l'en aient pas tenu au courant, participa en personne à un très médiatique débat télévisé sur le dialogue social, puis émit un arrêté ordonnant de raser le premier cimetière, de le remblayer un peu, et d'ajouter à la pancarte « Cimetière Municipal », la précision « N°2 ». Désormais, pour atteindre le premier, il faut creuser plus bas.

La tombe blanche couverte de carreaux et de fleurs artificielles est l'une des heureuses habitantes de l'étage. Sa mère y repose, depuis qu'*ils* ont pris la décision de l'y enterrer sans l'attendre. Depuis plusieurs semaines. Le Professeur regarda le profil de Adukè religieusement penché sur les fleurs. Des roses, des lys, quelques bleuets... tous artificiels, qui n'auront même pas la décence de faner, et dont la fraîcheur éternelle prendra la poussière comme l'immortalité doit prendre l'ennui, ou l'amour, l'eau. Adukè. On a mis une photo de la défunte sur l'épitaphe. Tout près de son nom et de la date de son décès. On y a ajouté une petite phrase qui dit qu'elle a vécu heureuse et que les siens la pleureront toujours. Il ne manque plus qu'une rubrique « Composition » et une autre « Posologie ». Il se mord les lèvres d'avoir pensé une telle inconvenance. Si fort qu'il ne sent plus aucune douleur... que le sang sur sa langue.

Et l'envie de pleurer.

« Nous avons pris l'eau ». Sa voix lui paraissait tellement claire ! Un hurlement murmuré. Qui respecte le silence solennel du cimetière. Adukè ne cille pas. Elle se penche pour arracher le chiendent qui poussait dans une encoignure du béton. « Déjà ? », pense-t-elle en regardant les autres angles pour savoir si d'autres mauvaises herbes ne commençaient pas elles aussi à pousser à même la mort. « Toutes les histoires prennent l'eau un jour ou l'autre, dit-elle sans le regarder. Parfois il faut juste un prétexte ».

Il voudrait fixer une bride à son regard ! Au lieu de ça, les formes de cette femme, sa peau qui semble ne pas voir le temps qui passe... Adukè. « Nous étions des gens simples avant », il pense tout haut. Lui, sa mère, elle, le reste du monde. Des gens sans noblesse à tenir, sans grandeur et sans déchéance. Sans histoires, comme on dit ; tombés de leurs arbres généalogiques comme des fruits trop mûrs dont personne ne veut s'encombrer. Qui ne possédaient qu'eux-mêmes pour meubler leurs propres existences, et l'ennui pour tromper le tumulte qui autour d'eux se faisait appeler Révolution. Personne ne viendrait les chercher eux, dans le creux de leur absence. Son père sortait le matin, revenait avec la nuit sur ses talons. Sa mère restait à attendre que lui rentre de l'école en fredonnant l'Internationale ou le *Cheek to cheek* de Louis Armstrong avec la même ferveur naïve qui déserte les mots... Ils riaient des slogans qui brûlaient le palais aux révolutionnaires. Mais l'Histoire n'a pas le sens de l'humour.

« Il n'y a pas de gens simples. »

La voix de Adukè a une mélodie toute particulière lorsqu'elle est émue. Il l'a connue ainsi. D'abord enthousiaste à l'idée de jouer avec lui des journées entières, lorsque la Grande Grève prolongeait indéfiniment leurs vacances scolaires ; ensuite lorsqu'elle jeta son dévolu sur un métier tout droit sorti du dictionnaire en lambeaux : forgeron. Depuis cette nuit-là, leur seule, il avait acquis la certitude qu'elle resterait son plus beau vice. Une addiction qu'il s'attèlerait à cultiver, croyant qu'une bonne raison de ne pas s'oublier est précisément de s'aimer. On a le droit de croire ce qu'on veut, se dédouane-t-il à présent. « Où étais-tu ? », interroge-t-il en regardant cette tombe qui désormais leur fait frontière.

« J'étais... comment dis-tu ça déjà ? Car-ba-phra-ti-gu ? »

CLAUDE BIAO

.

11

« Ainsi donc, un groupe de mercenaires à la solde de l'Impérialisme international aux abois, a déclenché depuis ce matin, à l'aube, une agression armée contre le peuple béninois et sa Révolution, en attaquant la ville de Cotonou. À l'heure où nous vous parlons, nos unités de combat sont à pied d'œuvre et défendent avec un acharnement révolutionnaire, les points stratégiques de notre ville agressée. Nul doute que nous vaincrons, car notre cause est juste et notre peuple intrépide est invincible. En conséquence, chaque militante et militant de la Révolution, où qu'il se trouve doit se considérer et se comporter comme soldat au front engagé dans un combat sacré pour sauver la Patrie en danger. »

...

Les saisons elles-mêmes semblaient avoir été frappées de folie cette année-là. Dans le sillage des gens, elles ne savaient plus où darder leurs ardeurs. Des soleils glacés s'exilaient d'harmattan en saison des pluies, et des vents incandescents soufflaient sur des matinées traditionnellement fraîches. Cette frénésie n'avait d'égale que Cotonou. Déchaînée et à peine en équilibre sur sa Révolution. Entre les chansons de la formation idéologique et les slogans qui rappellent le sacré du devoir civique, des hommes et des femmes sans consistance se sentaient investis de la consistance du destin de leur pays. C'est la dernière année où Molot vit sa mère nouer à son front le foulard rouge du Parti. Ce matin-là, elle portait au bout de son sourire, une petite moue vindicative, et lorsqu'elle passa la main dans sa chevelure hirsute, il perçut le désespoir d'être embarquée trop loin dans une histoire qui n'est pas la sienne plutôt que le sentiment d'appartenance que clamaient ses apparats de « Femme Leader du Parti. »

On allait juger.

L'évènement frappa le début de l'année 1977 de plein fouet. Comme une vague qui s'est trompée de port, les mercenaires avaient échoué sur les places de la ville, tombés les uns après les autres et jusqu'au dernier. Le Camarade qui tenait les rênes de la Révolution affichait l'assurance des gens qui en ont vu souffler d'autres... et alors que la Commission révolutionnaire d'Enquête installée peu après, endormait encore les auditeurs surchauffés, à lire son rapport sur les ondes des radios, il avait déjà été décidé que des têtes tomberaient. Ça commençait ce jour-là. L'on allait retransmettre la cérémonie en direct, pour l'exemple. Tous les camarades étaient encouragés à se rendre à la nouvelle Place des Martyrs et de la Révolution pour manifester leur rejet de l'Impérialisme.

On allait juger.

La Commission avait cité une vingtaine de noms. Les trois premières pages de son rapport réaffirmaient l'engagement du peuple à poursuivre sur la voie de la Révolution, et à ne pas céder aux pressions ; et à quel point les évènements des derniers jours consolidaient cette détermination. Sur la moitié de la dernière page, la bravoure et le sacrifice des unités de combat étaient décrits, débouchant sur une liste de noms tenant les dernières lignes... et la conclusion urgeait à agir et à ne pas laisser impunis les crimes des traîtres.

Et on allait juger.

Molot choisit de se rendre à *La Taverne à Lénine,* plutôt qu'à la Place des Martyrs : plutôt que d'aller regarder sa mère siéger une nième fois dans le jury populaire. C'est de cet endroit qu'il entendit l'appel radiophonique de la matinée du 16 janvier, c'est de cet endroit qu'il allait entendre citer les noms des traîtres. Il savait – il sentait – que ce qui allait se juger ce jour-là n'avait rien à voir avec la Justice et l'équitable rétribution que l'on a la prétention de définir en contrepartie des dommages qu'aurait subi la société. Bien entendu, il n'en dit rien à personne : à son âge, on ne sait pas ces choses-là, on ne peut pas les prouver... on les sent. Comme on sent que ses premières pollutions bouleverseront son rapport au monde. Comme on devine un jour dans le regard de sa mère, que plus jamais on ne serait un enfant. À *La Taverne,* il espérait s'offrir un sursis : sa vie et ses inquiétudes attendaient au pas de la porte tel un chien docile. C'est ce qu'il est toujours allé chercher dans cet endroit. Un lopin d'absence.

« Nul doute que nous vaincrons, car notre cause est juste... », se répétait-il encore lorsqu'il arriva au comptoir. Le tavernier souffla une gigantesque volute de fumée : « crois-en mon expérience, petit. À ton âge, tu devrais te tenir bien loin de tous les stupéfiants : alcools, drogues, certitudes, et tout le reste... » puis une autre : « veux-tu que je te serve une vodka ? Je fais de vertigineuses réductions aujourd'hui ! »

...

Il a l'impression d'être encore embourbé dans ce jour-là. Lorsque la voix de son ami le tire de sa somnolence. Il n'imagine même pas que celui-ci a pu s'en aller... puis revenir. Le temps d'un somme, et la taverne a perdu de son lustre. Plus de portrait de Lénine au-dessus de la table des exilés, très peu de clients ; et un tavernier dont l'âge semble patiner dans la boue de l'ennui et des substances qu'il ne cesse d'ingérer par tous ses pores.

« Tu n'as pas changé de table. »

Molot cache son visage dans ses mains. Il craint qu'en voyant ce qu'il espère être un sourire, son ami ne pense qu'il s'agit d'une grimace : ses lèvres manquent d'exercice. « Toi et tes certitudes, finit-il par souffler. Hilaire a trouvé le surnom qui te va le mieux, Professeur ».

Ils avaient pris l'habitude de surgir à l'improviste dans la bibliothèque qu'habitait leur ami. Le Professeur, pas plus grand que le manche d'un balai, empilait toujours exactement trois livres pour atteindre le sommet de l'étagère : le *Discours de la méthode*, les *Méditations cartésiennes*, et *La Nausée*. Dans cet ordre-là. Comme s'il avait calculé à la page près, l'épaisseur de chacun de ces volumes, pour qu'ils le portent à la hauteur optimale pour se saisir du dictionnaire. Cependant que Hilaire gardait la tête plongée dans un roman ou dans l'autre, marmonnant des réponses prémâchées aux moqueries de Molot, lui passait des heures à tourner les pages du gros livre.

Le Professeur se montrait fasciné par ces mots qui comme il disait, n'ont pas encore perdu leur saveur à force d'être mâchés dans des conversations ordinaires. Il ne s'agissait pas de prétentions de grandiloquence puisqu'il veillait à ne pas trop les utiliser lui-même de peur de les abîmer, simplement d'une curiosité irrésistible animée et entretenue par le fait qu'il imaginait que les mots ont une vie propre distincte de leur statut de simple outil. *Impérialisme* était un de ses préfé-rés. D'abord parce que c'est le premier qu'il trouva lui-même dans un dictionnaire, ensuite parce qu'il illustrait bien ses craintes : à force de l'utiliser dans tous les discours privés et publics depuis le début de la Révolution en 1972, le mot avait flétri à vue d'œil jusqu'à ne plus peser que le quart de sa charge expressive. Il y a aussi *Altérité*, que dans son esprit il n'arrivait pas à dissocier de *Altération*. La même racine, alter-, le même claquement de la langue sur le palais – comme un coup de fouet – et la même ambivalence qui fait que l'on ne peut employer l'un ou l'autre en toute innocence. Puis il pense à *Altercation*... comme à une dégradation. « La langue que nous parlons, dira-t-il plus tard à celle qui allait devenir sa femme, fonctionne comme un moule dans lequel se coule notre pensée, et l'inverse relève de l'exploit ». Il voulait simplement l'impressionner alors : elle en fit l'un des postulats de sa thèse de doctorat, et séduisit le jury.

« J'aimais lire dans un dictionnaire autant que lui dans un roman », sourit-il sans conviction. Son ami le regardait avec cette intensité qui ne quitta jamais vraiment ses yeux.

« Tu viens en vacances ou tu reviens sur tes pas ?

- Maman est morte.

- L'exil nous va comme un gant, tu ne trouves pas ? À toi il a même fait une gosse, Adukè m'a raconté.

- Et toi ?

- Moi je vais commander une bière. » Il lui suffit de regarder le tavernier. « Tu en veux une ? »... et de le regarder à nouveau. La boisson ambrée se roule dans le verre. Une mouche vient y échouer, le décidant à faire comme Molot qui déjà embrassait le goulot.

« Moi je reste ici. À tromper l'histoire dans de la mauvaise bière. Tous ceux qui sentaient le besoin de venir à cette table ont fini par résorber leur absence. Il leur suffisait d'attendre que le temps passe. Parfois une corde et un tabouret, pour les moins patients.

« J'ai essayé les deux.

« Nous nous donnions tellement d'importance, tu sais. Au point de penser qu'il existe un déterminisme et que nous faisions malgré nous, partie d'une Histoire. Pour ma part, je l'ai prise tellement à cœur que lorsqu'elle a disparu, j'ai disparu avec. Il me restait cette table... une sorte de centre des objets retrouvés.

« Toi tu as compris : tu es parti après que ton père... et qu'on t'a informé que ta mère... enfin tu sais bien. Et Hilaire après toi. Il a fumé tous ses livres, et comme il n'y en avait plus, s'est mis à en écrire. Il paraît qu'il a du succès...

« Et moi je me sens tellement à l'étroit dans cette absence. Récemment je me suis remis à lire des choses. Comme avant. Puis je suis tombé sur ça : *Sapiens, une brève histoire de l'humanité,* tu connais ? Il dit que les mythes que les humains se racontent leurs construisent des civilisations à travers le temps.

« Je cherche encore quel mythe nous définit, nous. »

12

DOUGLAS EST RESTÉ, MALGRÉ LA FIN DE L'EXPÉRIENCE, *malgré le travail qui l'accaparait par ailleurs, malgré moi. Chevillé à tout cela. Avant lui, mes amitiés n'avaient que très rarement pris cette envergure que donne le sentiment de partager une histoire ou une aventure commune. On se rencontre, on se sourit, on échange quelques gentillesses convenues... et chacun fait bien attention à ce que cela reste strictement dans le ballet social, cette sorte de chorégraphie où il tient son rôle. Avec Douglas, je n'ai pas trouvé de rôle à tenir, que le mien propre, et je lui en voulais presque pour cela.*

Mona a pensé la première qu'il pouvait devenir plus qu'un ami pour moi. « Je le trouve différent. Pas toi ? » disait-elle parfois, l'air de rien, pour allumer des idées dans mon esprit. Elle sait que j'ai toujours été fascinée par la différence des autres, et comment elle façonne la mienne. C'est l'une des rares questions sur lesquelles nous pouvions discuter comme une mère et sa fille, et elle s'en servait pour en introduire d'autres. Elle commençait toujours par la même affirmation à peine modulée dans le choix des mots : « je ne comprends pas cette quête de conformisme qui prend notre temps ! Après la ruée vers l'or, voici la ruée vers l'uniformité, pourrait-t-on dire ».

Et moi je soupirais : « de quoi veux-tu discuter ? »

À la réflexion, Mona est aussi maladroite avec les mots, que nous tous. Elle camouffle simplement dans une admirable volubilité construite de toutes pièces au fur et à mesure des cours qu'elle dispense à l'université. À chacun sa technique. Elle a la bouche pleine, de ces mots qui se taisent obstinément, concentre tout son propos dans l'élégance de ses silences comme si pour elle, parler était tout juste une autre manière de se taire.

Je le lui reprochais au début. « Mais que veux-tu ?, se défendait-elle. Nous sommes la seule espèce qui se la raconte, pour survivre »... et puis j'ai compris qu'elle ne le faisait pas pour jouer. C'est juste que l'appréhension du réel autour, nécessite qu'elle le passe par un faisceau de représentations qui ont un répondant dans son réel intérieur. Ainsi que l'on met une étiquette sur une boîte de produits pharmaceutiques, elle devait mettre des histoires sur le monde pour parvenir à le reconnaître et le saisir. Et d'ailleurs à l'inverse de la boîte de médicaments, l'on croirait presque que le réel ne possèderait pour elle aucune consistance en soi et qu'il faudrait soit se le représenter ou en légitimer la représentation d'un autre. Les conséquences pouvaient être désastreuses, la disparition du support physique de ces histoires – une relation, un travail, des possessions – entraînant la destruction de fait de ce réel inté-rieur qui n'est que la représentation qu'elle se faisait d'elle-même ; ou au contraire la conséquence pourrait se manifester par un détachement désespérant : « ne vois-tu pas que ces désaccords ne sont en fait des désaccords, que sur l'interpréta-tion que vous vous faites des intérêts et des enjeux ? », l'avais-je une fois entendu expliquer à je ne sais trop qui, au bout d'une longue conversation téléphonique.

Pour ma part, c'est dans ces bribes que je saisissais quelque peu la mécanique de cette femme. Je compris aussi pourquoi La Doña ne pouvait pas survivre très longtemps à son Negro, et pourquoi Mona à l'inverse, vivait heureuse et bavarde avec le silence du Professeur et mon indifférence...

« Oui j'écoute ? »

Je ne pouvais pas dire à quel moment j'ai composé son numéro. Je n'entendis même pas sonner à la vérité, et je ne savais pas pourquoi je l'appelais. « Camilia c'est toi ? » Je jetai machinalement un coup d'œil sur la pendule, consciente que ça ne veut rien dire, qu'il aurait fallu me lever tôt, et laisser refroidir des cafés l'un après l'autre pour me faire une idée de l'heure qu'il faisait dans sa matinée. Je souris intérieurement à l'idée qu'un café, ça refroidit plus ou moins vite selon qu'il fait plus ou moins froid, que la perception de ce chaud et de ce froid était elle-même sensiblement altérée par tellement de facteurs, et qu'il n'y avait somme toute, rien de plus aléatoire que cette mesure.

« Est-ce qu'il est temps pour que tu partes à ton cours ? » *Je la devinais touchant la tasse de porcelaine grise, posée sur l'évier. Elle assurait l'avoir reçue de sa Doña qui elle aussi l'aurait reçue d'une ancêtre amatrice de thés orientaux. Elle les aimait tant et s'en brûla la langue si souvent qu'on lui donna un indécent surnom espagnol qu'il fallait traduire – en termes édulcorés – par Langue-Noire. Mona ne sait rien d'autre de ses ascendants. Que des anecdotes, des objets qui ne peuvent attester de rien ; et cette façon de les raconter. Elle semblait s'en contenter, comme elle paraissait avoir conscience que je ne croyais pas toujours tout ce qu'elle me rapportait de l'histoire de sa famille. Si d'une part elle se montrait convaincue que le temps n'est pas linéaire et que nous nous réécrivions par-dessus le passé familial sans l'effacer, elle ne parvenait pas à me convaincre d'autre part que ses théories sur le temps et l'histoire possédaient une quelconque valeur significative qui mériterait d'influencer ma façon d'accoster chaque jour. Car pour moi notre histoire souffle et emplit les voiles, mais on n'est pas obligé de les déployer. Et si le temps n'est pas linéaire, il ne se superpose pas en parallèles non plus : c'est un océan sur lequel garder le cap n'est pas le seul enjeu.*

« Non chérie, pas encore... Et toi, ça va ? » Cotonou est trépidant, avait-je voulu lui répondre. Il y a continuellement une cascade d'inconnus qui déferle d'un lieu à un autre. En s'interpelant, en riant, en s'injuriant... Il y aurait eu dans ma respiration ce rythme urgent qui dégringole les mots les plus enthousiastes. Des étrangers me parlent lorsque Adukè et moi parcourons les stands de Dantokpa. Ils couvent des blagues suggestives dans leurs regards, recouvrent des éclats de leurs rires ou de leurs bagarres, la rumeur sourde du marché. Les gens sont gentils ou méchants, énergiques ou sensibles, raffinés, subtils ou stupides... toujours avec cette même brutalité vivante ! J'aurais voulu faire comme elle, lui raconter comment Adukè me dit qu'il ne faut pas y faire attention. Comment elle m'initie à tolérer la vulgarité avec distinction, à maintenir l'équilibre équivoque sans lequel on vous percevrait immanquablement comme snob ou sans manières. Il y aurait eu dans ma voix le trémolo qu'impriment les histoires que l'on raconte avec le cœur battant. Au lieu de tout cela, je réponds : « Oui ».

Alors c'est elle qui se lance, en partant d'un petit rire enjoué. « Tu sais ce qui m'est arrivé hier dans l'après-midi. » Et elle expose comment son cours lui est resté coincé en travers de la gorge à cause de la remarque décalée de l'un de ses étudiant. « C'est pourtant un silencieux, en général, assure-t-elle. Il parle si peu, que presque personne n'aurait reconnu sa voix, et je ne suis même pas certaine de savoir comment il s'appelle ! » Elle n'avait pas encore précisé le sujet du cours de ce jour-là, qu'il avait levé la main. « Madame je vous trouve très belle... si si ! C'est ce qu'il a dit, mot pour mot, je pourrais même imiter les inflexions de sa voix ! » Je l'écoutais avec amusement : elle est tellement attendrissante lorsqu'elle raconte ses histoires. J'imaginais le lourd silence qu'elle décrivit comme suspendu quelques secondes au-dessus de l'amphithéâtre, le temps qu'elle décide s'il fallait en rire ou s'en offusquer. C'était rassurant de voir qu'on peut décrire un tel silence avec autant de bavardage. Elle avoua qu'elle avait voulu le reprendre : « un peu de retenue monsieur, voyons ! Vous êtes dans une salle de cours », imitait-elle sans trop me convaincre. Et puis finalement, elle avait opté pour le fou rire, et son cours de trois heures partit à la dérive...

« Maman, papa aime une autre femme, interrompis-je soudain.

- Tu l'as appelée 'papa' », sourit-elle à l'autre bout du fil.

CLAUDE BIAO

13

Jamais il ne leur vint à l'idée de cacher leur attachement : ils n'en éprouvaient aucune culpabilité. Le Professeur qui se montrait tout ce qu'il y a de plus tendre avec elle d'un côté, attendait pudiquement d'un autre côté, que sa fille lui posât des questions. Il n'y a que dans leurs souvenirs qu'ils peuvent encore trouver une nuit – ou deux – où la solitude, les souffles incandescents, les gestes qui s'étonnent de leur propre hardiesse... enfin tout ça, et la naïveté de croire que l'amour est plus fort qu'autre chose. À l'époque, elle se disait si soluble dans son regard qu'elle pouvait y fondre toute entière, et ne plus être qu'avec lui.

Mais chaque mensonge que fait l'amour, le temps le défait.

Il y a des mots que tous les dictionnaires du monde connaissent. Et il y en a un petit nombre que tous ignorent. Comme ceux que le Professeur découvrit lorsqu'il ferma le vieux dictionnaire de sa mère et se plongea dans les bras ouverts de Adukè. Il n'était pas encore l'homme silencieux que Mona rencontra à l'université. Ce n'était pas non plus un prolixe convaincant d'ailleurs. Tout juste quelqu'un qui découvre les mots sans trop savoir quoi en faire, de la même manière qu'un enfant découvrirait son nouveau jouet. Peut-être est-ce précisément cela qui frappa Adukè. Cette naïveté qui traversa de part en part son enfance à lui, alors qu'elle la perdit d'un seul coup, avec le sang de ses premiers écoulements.

Elle avait tout juste 12 ans. Ils avaient décidé de s'en aller tous les deux pour une ballade en mer, sur leur voilier – un rocking-chair de récupération auquel ils avaient attaché des moustiquaires usagées en guise de voiles et qu'ils balançaient pour imiter le tangage. Ils l'appelaient *Proue,* pour l'unique raison qu'elle aimait le roulement des *r* et ses lèvres qui s'arrondissent. « *Proue,* répétait-elle amusée, *Proue...* on prononce ça presque comme un bisou ! » Et elle eut l'idée de lui dire ce mot à même les joues... « ou lèvres peut-être ? Juste pour voir ». Et lui ne sachant quoi répondre, restait bêtement immobile.

Et elle choisit les lèvres.

Ce n'était qu'un jeu.

En grandissant, elle comprit la première qu'on ne peut pas jouer avec. Cette année-là, les évènements se précipitèrent sur son adolescence. Son père mourut, et sa mère qui ne savait plus où donner de la tête, la perdit tout bonnement. On pensa d'abord que cela lui passerait, que le chagrin cause bien des délires, que dans peu de temps on allait en rire, mais elle ne guérissait pas, et les jours couraient. On se dit ensuite que le mal était bénin et qu'elle le devait plus à la vieillesse qu'à autre chose... et puis on ne sut plus quoi penser lorsqu'elle décida que ses vêtements n'avaient pas l'apparat qui sied à son rang de reine, qu'elle était plus raffinée dans sa tenue d'Ève et ses paillettes d'or fin autour du pubis et sous les aisselles...

. . .

En partant de l'asile ce matin-là, Adukè n'avait pas vraiment réfléchi ni à ce qu'elle ferait ni même à où elle irait. « Je suis restée trop longtemps ici, à essayer de te suivre dans toutes ces vies que tu enchaînes sans répit, maman. Maintenant je veux reprendre possession de la mienne propre. » Elle ne savait pas si sa mère l'écoutait. L'infirmière l'avait bien mise en garde : elle ne comprendrait peut-être pas, son instabilité émotionnelle autorisait à craindre des réactions allant des plus extrêmes aux plus apathiques, en somme elle avançait à l'aveugle ; mais elle tenait à lui dire qu'elle partait et pourquoi. « Je ne t'abandonne pas. Tu sais au moins que je ne t'abandonne pas n'est-ce pas ? Que je ne t'abandonnerai jamais, hein ? » Et elle gardait les yeux plantés dans le mur de la clôture, impassible.

Sur un banc à deux pas d'eux, un autre patient écrivait à la craie blanche en expliquant à haute voix : « La guerre de trente ans venait de se conclure sur la Paix de Westphalie. Vous vous souvenez l'année au moins ? 1640 ? 1650 ? 1648 très exactement, comme vous êtes attentifs ! Et dans cette même période, alors que naissait l'embryon de ce monstre qu'ils appellent *souveraineté* – nous reviendrons sur les formidables métamorphoses de ce mutant – plus tard dans cette période donc, en 1670, Samuel Fermat réédite une traduction que son père avait faite des *Arithmétiques* de Diophane. Et dedans, devinez ce qu'on retrouve ! Non, pas la recette de la potion de Panoramix voyons, concentrez-vous un peu ! Le dernier théorème de Pierre Fermat, voila ! *"Il n'existe pas de nombres entiers non nuls x, y et z tels que : $x^n + y^n = z^n$, dès que n est un entier strictement supérieur à 2 !"* Si ce n'est pas de la science ça ! Abstrait, abscons, inutile... et sujet à d'interminables débats, comme on l'aime ! Alors ce que je tente de vous expliquer c'est que Wiles, trois siècles plus tard, en 1994 – oui le mur de Berlin venait de tomber, vous avez tout compris... »

Adukè sourit en l'écoutant. Peut-être après tout qu'il ne s'agit pas de folie. Peut-être, se disait-elle pour attiser sans doute un vain espoir, peut-être qu'elle saisirait un jour la dimension parallèle qu'habitait désormais sa mère. Que celle-ci lui parlerait de son monde, et elle Adukè, du sien – du leur avant qu'elles ne se séparent. Peut-être que si les échanges enrichissent, ceux avec des fous enrichissent doublement.

« Je reviendrai souvent, maman », dit-elle en se levant. Sur le banc d'à côté, l'homme qui racontait sa science à des élèves invisibles, se tut brusquement. Le silence advint. Total. Et pendant une seconde on pouvait croire que même le temps avait retenu son souffle. Il faisait muet. Si muet qu'elle craignit que le craquement des herbes dans le jardin ne raisonnât comme mille tonnerres, attirant l'attention du monde entier non pas sur son départ, mais sur cette femme qui reste seule derrière, le regard dans le mur. Pendant quelques instants, elle scruta elle aussi ce mur, comme à la recherche d'un acquiescement. Comme s'il pouvait l'aider à ne pas se sentir coupable de ce départ que pourtant elle désirait de toutes ses forces. Elle songea à l'horizon qui attend derrière, elle songea qu'elle s'en allait, mais qu'elle ne quittait pas sa mère, elle songea qu'elle reviendrait toujours et qu'elle la ramènerait une fois avec elle... comme si mille bonnes pensées pouvaient effacer le sentiment de poser une mauvaise action. Ses yeux étaient sans doute encore perdus dans l'imperceptible horizon derrière ce mur lorsqu'enfin la voix de sa mère gronda doucement :

« Désolé petite, l'horizon est fermé aux visiteurs pour rénovation. Reviens dans quelques temps, je suis certaine qu'il y aura de belles choses à voir. » La pluie et la nuit fondirent soudain. Elle ne se retourna pas. Elle allait taper à la porte du *Palais,* et après... après verrait.

...

Plus tard, le temps allait décider qu'elle reste, et que le Professeur parte. Elle commencerait à travailler dans cette forge sans y réfléchir, parce qu'il fallait bien faire quelque chose, et qu'elle n'avait plus ni les moyens ni l'envie de retourner à l'école pour faire secrétaire comme toutes les filles de la Révolution. Et tandis que mourait sa bienfaitrice foudroyée par l'absence de son fils, elle se trouvait châtelaine infortunée, naufragée dans le palais d'un autre, attendant l'homme qu'un jour elle avait embrassé pour jouer.

Et puis le Professeur était revenu avec Camilia.

Adukè ne se sentait pas capable de percevoir Camilia et sa mère comme d'éventuelles rivales. D'abord parce qu'elle n'estimait pas désirer l'amour d'une personne qui leur est exclusif, ensuite parce que sans rien dire, elle avait convenu avec son ami d'enfance qu'ils ne laisseraient pas le sceau du secret encourager une liaison dont ils se sentiraient coupables. Aussi ne firent-il pas mystère de leur profonde affection, pas plus qu'ils ne voulurent prendre l'initiative de la raconter à Camilia ou à Mona. Le Professeur avait pleine conscience du danger d'un tel choix, mais il voulait se persuader que ces dernières ne tireraient pas des conclusions hâtives, et poseraient des questions.

Et puis, par une nuit chaude et sans étoiles, il se surprit à compter deux sonneries avant de décrocher – tout comme Mona.

CLAUDE BIAO

.

14

J'AI EU TORT DE PENSER QU'IL N'Y A QUE LES POLITIQUES *pour qui la Révolution de 1972 revêtît une quelconque importance. Comme pour les rois décapités ou les notables que l'on défenestre, il y a dans les prémices de chaque changement significatif, un mouvement d'humeur qui n'a d'ampleur que celle des attentes des gens que parfois aveuglement, on a rassemblés sous le vocable de* peuple... *Car il faut encore trouver une âme aux bouleversements que dans d'autres conditions on aurait jugés inacceptables, à moins d'accepter comme acquise à l'avance, la nécessité même de ceux-ci.*

Dans la première hypothèse, je percevais de plus en plus que le Marxisme Léninisme proclamé par le Camarade depuis l'estrade de sa propre naïveté politique, n'avait de fondement qu'une multitude d'espoirs contradictoires et désemparés : il n'y avait pas eu un peuple derrière cette Révolution. Pas encore. Que des aspirations plus ou moins individuelles à la différence ou à la reconnaissance qui, agrégées, ne font pourtant pas un rêve commun. Dans un second temps cependant, ainsi que le soulignaient certaines des lettres que j'avais volées au Professeur, l'impératif de se détacher, justifiait que l'on cherchât – même à l'aveuglette, même en risquant de mauvaises surprises – les marques qui créent le sentiment d'un État véritablement souverain.

Voilà pourquoi Cotonou, me disais-je, n'était qu'une interminable adolescence à laquelle sont advenus des périls d'adulte. Je le tiens de la toute première lettre de Molot, à vrai dire. La plus longue, où il évoque les souvenirs dans lesquels son esprit semble à présent englué... où il redit aussi à son ami comment dans cette époque-là, tout le monde était devenu visionnaire ; comment ces rêves qu'ils faisaient éveillés les avaient endormis, les empêchant même de se voir vieillir.

On sentait qu'il l'avait écrite à la hâte. Comme on recrache une soupe trop salée dont on avait pourtant été alléché par l'odeur. Le tracé des lettres était chétif – précipité en urgence dans les mots, sans même parfois qu'il prît la peine de les coller – et les phrases courtes, des postillons somme toute. Qu'on laisse sur le bord de la route en espérant qu'elles orienteront un passant.

« Nous y croyions, avait-il écrit. Tu sais, ce que dit Sartre. "On est ce qu'on veut". Mais c'est que nous ne savions pas encore vouloir... C'est qu'il fallait imprimer à l'histoire de tout un pays, la temporalité d'une vie humaine, décrit-il encore. Une vingtaine d'années, ce n'est pas le temps d'une révolution : à peine a-t-on le temps d'en avoir envie. Pourtant, nous souhaitions que dans nos derniers jours, la gratification suprême du tout est accompli nous échût. Alors tout est parti trop vite. Notre mythe créateur est devenu un cheval fou. Et nous, rien du tout. »

...

J'étais entrée dans toutes ces confessions par effraction. Pour embêter le Professeur. Et puis en lisant l'une après l'autre ces lettres que ses amis lui envoyaient, en me rendant compte qu'il avait une histoire, je ne pus plus m'arrêter. Plus avant de pouvoir définitivement trouver le moyen de rencontrer l'homme qu'il est, plus avant d'avoir pu les rassembler tous les quatre. Molot, que j'avais deviné exactement comme je le découvris, impérial et décadent ; Hilaire qui se montra plus bavard que dans les courtes vacuités que j'avais pu en lire... et Adukè. La lettre qui annonçait le décès de ma grand-mère était d'elle. Elle informait à l'origine, qu'on l'avait enterrée aussitôt, et qu'il ne fallait pas que son fils se dérangeât pour venir. Je lui fis dire le contraire. Ajoutant que si le professeur avait des enfants, c'était l'occasion de leur faire connaître le pays de leur père.

Je disposais d'un a priori positif : Mona le convaincrait d'y aller, et quant à moi, il suffisait que lui se décide. Ce n'est pas vraiment le connaître que de savoir ainsi à l'avance, quelles actions il pouvait entreprendre. Pour moi qui grandis en maraudant mes lectures dans sa bibliothèque personnelle, j'avais appréhendé à l'intuition, sa façon de penser. Je saisissais la mutité absolue de ses silences – caractéristique qui me parut tellement particulière lorsque je découvris que très peu de gens finalement se taisent pour ne rien dire. Ils polluent leurs silences avec tout ce qu'ils n'osent pas ou ne veulent pas exprimer, de sorte qu'en parlant alors même qu'ils se sont tus, il devient impossible ou rare de les trouver silencieux...

Là peut-être, résidait la raison pour laquelle Mona ne s'offusqua jamais de ses silences, ni n'en souffrit : elle sait, elle, qu'il ne se taisait pas pour insinuer. Elle pouvait comprendre certes, qu'en grandissant, je le perçoive comme un étranger dont on tolérait la présence parce que nous nous sentirions seules s'il était absent, une sorte d'hybride, présent-mais-pas-vraiment, et qu'en conséquence, d'aussi loin que remontent mes souvenirs, je ne l'appelai jamais autrement que Professeur ; mais elle espérait secrètement qu'il en fût autrement.

Puis il y eut ce soir-là, à la Place des Martyrs.

Les phares des véhicules tournaient à un rythme régulier autour du terre-plein central. Un peu plus de couleurs, et on aurait dit un géant luminaire de boîte de nuit, qui tournoie, inlassable et constant. Je lisais par intermittence quelques inscriptions sur les bâtiments qui se trouvaient tantôt éclairés, tantôt pas. Le Lounge-Bar Tabou dont un plaisantin avait tagué un gigantesque gland dans le O de « Tabou » ; l'immeuble de la Cour d'Appel de Cotonou juste en face, avec cette balance en construction... « c'est du bronze, à ce qu'il paraît, sourit Adukè, quatre tonnes et demi de bronze, cent trente ouvriers, onze mètres de haut et un investissement de neuf cent soixante-dix millions de francs... » Elle n'acheva pas sa phrase, mais j'en entendis tout de même la fin : « et aucune justice avec ça ! » Je pensai en réponse, qu'il y va de la grandeur d'un État de construire aussi des ouvrages de prestige. Que l'on se renvoyait ainsi une meilleure image de soi qui pouvait se refléter d'une certaine manière sur ses relations avec les autres. J'argumentai dans mon esprit combien, même courte, même peu tumultueuse, la Révolution de 1972 par exemple avait participé à construire une identité politique et un rapport à l'État et à l'Histoire, sensiblement différents de ceux des citoyens d'autres pays, même voisins – même siamois. Les experts et autres savants qui se prévalaient de connaissances approfondies sur la complexité de l'Afrique de l'Ouest – l'Afrique subsaharienne pour les plus prétentieux – tombaient dans un travers sur lequel tous pourtant attiraient l'attention de leurs étudiants : les généralisations... Et les studieux disciples parleraient plus tard du Bénin comme ils auraient parlé du Togo ou du Niger, puis retourneraient dire à leurs propres brebis qu'il faut toujours songer à restituer chaque situation et chaque état dans son individualité.

Notre promenade s'achevait : Adukè avait froid, j'avais sommeil. La nuit n'était pas encore vraiment mûre certes, mais la brise descendit si vite que l'on croirait pouvoir déjà cueillir les premières lueurs de l'aube encore en boutons, ainsi que le cliquetis dans les sacs à outils des ouvriers qui partaient pour je ne sais où et dont le chemin passait comme un disgracieux réveil, tout contre ma fenêtre. Puis derrière nous, il y eut sa voix, sourde comme une excuse : « je vous ai aperçues et je me suis dit... »

« Tu tombes bien papa, on allait rentrer. »

Je les remerciai intérieurement de n'en avoir pas fait cas.

CLAUDE BIAO

.

15

Le matin grognait dehors, froid et rétif à l'heure où les citadins se rendent à leurs occupations. À ce moment de la journée, les visages bourrus se dépassent sans la moindre attention, sans même que l'on ne soit certain qu'ils ont pu se voir. C'est l'heure du deuxième café. Où il est encore trop tôt pour sortir. Où l'attente, les autres jours, se consume doucement dans son ventre alors qu'elle rumine ce qu'elle va enseigner à ses étudiants.

Mona n'attendait rien ce matin-là. Sauf peut-être, si cela peut s'appeler attendre, une urgence de parler. Comme une grosse faim. Ce n'est pas que sa famille lui manquait à proprement parler. Pas plus en tout cas, que depuis leur départ il y a bientôt un mois – elle se souvient du regard de son homme : « je t'aime », qu'il n'osait pas traduire en langage humain. Son envie de parler relève de plus que cela, relève du besoin. Et peu importe finalement ce qu'elle voulait dire – elle-même n'en savait trop rien –, peu importe à qui elle allait le dire... le tout était de parler. En enseignant pendant toutes ces années la philosophie du langage, elle en était arrivée à la conclusion que parler est le sixième besoin fondamental de l'homme, et qu'il se trouve tout aussi indigent qu'un affamé, celui qui n'a personne à qui parler. Un avis un peu excessif, certes, et qu'elle exprimait précisément pour provoquer ses interlocuteurs, en gardant cependant la ferme impression que la véritable valeur de la parole n'en est pas très éloignée.

Enfant déjà, elle racontait ses histoires aux peluches de toutes les couleurs que la Doña s'appliquait à lui ramener de toutes ses sorties. Il y en avait des rouges, des jaunes, des bleu marine, des vertes aussi ternes que des olives desséchées... La chambre commune qu'elles partageaient, bruissait continuellement du frottement de la laine de synthèse contre les murs, contre les draps, contre son visage. Le matin des weekends – ou des jours où, La Doña s'en étant allée sans avoir pris soin de la conduire à l'école, elle décidait qu'il n'y avait pas classe –, elle les installait en amphithéâtre autour d'elle, s'asseyait elle, en tailleur, et leur rapportait les ragots qu'elle avait entendu les amies de sa mère se répéter. Elle-même n'y comprenait rien en général. Mais elle mettait un point d'honneur à bien expliquer, à rire des allusions salaces qu'il lui fallait quelques années encore pour saisir vraiment, à prodiguer des conseils sur l'utilisation des essences, sur la toilette de femme, sur la longueur adéquate de la jupe... C'est ainsi qu'elle apprit à parler. En s'appropriant les mots qu'elle arrachait de la bouche d'adultes volubiles pour les essayer aux oreilles de peluches sourdes.

Pourtant, ce n'est pas son besoin de parler qui la poussa à lui téléphoner : ceci est une autre affaire, et il advenait par le plus innocent des hasards, qu'elle coïncide.

« Camilia m'a raconté », soupira-t-elle lorsque le souffle du Professeur trépida dans ses oreilles. Elle croyait presque sentir son haleine indéterminée, entre la muscade et la citronnelle.

« Est-ce donc une fille aussi facile ?

- Ce n'est pas une fille facile, c'est une femme seule »,

répondit-il aussitôt. Comme à l'accoutumée, sa voix était aussi blanche qu'une page vierge. Sans intonation qui trahisse ses émotions, sans impureté qui en entrave son message. Une autre aurait perçu cela comme de l'indifférence, d'autant plus que ses réponses restaient laconiques, enfermées dans des silences qui tiennent plus de l'absence que de tout autre chose. Il n'hésitait pas entre deux mots, ne tergiversait pas non plus... mais pour Mona, cette réaction fut le premier signe que son homme n'avait pas changé – du moins pas encore. Elle qui s'était persuadée que la première chose que change l'amour en vous c'est votre voix, pouvait bien entendre que si amour il y avait eu, il était soit emprisonné avec les autres ardeurs du passé dont on a souvent honte aujourd'hui ; ou comme les actes et les possibles que l'on n'a pas osé décanter. Et si elle s'était résolue à lui téléphoner, elle ne voulait pas tant lui demander des explications que précisément entendre sa voix, qui, tout comme lui-même, ne saurait mentir.

Il ne s'agissait pas d'honnêteté ou de franchise qui fût si particulière qu'elle eût valu que l'on la relevât. C'est simplement que le Professeur n'était pas capable de mensonges. Il n'en possédait pas la patience, ni l'habileté créative, ni même la compétence innée qui d'une déformation consciente du réel, construit un mensonge. Sa volonté n'avait pour ainsi dire, rien à y voir – et Mona ne saurait jamais s'il aurait voulu – puisque cela ne se trouvait pas en son pouvoir. Il lui restait la ressource du silence.

« Vous avez eu une histoire ?

- Elle me chérit comme le passé auquel on pense en soupirant... Camilia et toi, vous êtes mon histoire aujourd'hui. »

...

Le soleil passa comme un phare qui vous croise dans la nuit. Le temps restait voilé par ailleurs, et on ne pouvait pas assurer qu'il ferait jour avant la nuit suivante. Elle venait de préparer le troisième café pour décompter son temps. Il était encore chaud et elle, a moitié vêtue.

Elle le but.

Et le temps ne sut que faire à présent qu'il n'y avait plus de café refroidissant pour en réguler l'écoulement. Il attendit.

« CHACUN DE NOUS *a cru en cette Révolution, mon ami. Chacun de nous y a laissé quelque chose, comme une mise, comme un gage.*

« *C'est la règle.*

« *Pendant longtemps, au début, je me suis demandé pourquoi. Qu'est-ce qui nous liait autant à des affaires qui de toutes les façons se discutaient si loin du cercle de nos préoccupations quotidiennes. Pendant longtemps j'ai cru que le père de Hilaire, ma mère, les parents de Adukè... Adébayo... j'ai cru que des noms étaient bien assez. Que comme pour toutes les illusions, il suffisait d'un prétexte à notre ferveur. Mais il s'agit de l'époque de nos parents. Il s'agit de leurs rêves.*

« *Pourquoi le réveil doit-il nous en être infligé ?*

« *De nous tous je suis sans doute la personne qui, la première, entra en politique, je l'avoue. Mes moulages de serp i molot portaient aussi peu d'innocence que je portais de barbe, et en mettant la main à la boue, je voulais me présenter comme l'allié éternel des aspirations que ma mère me répétait. Pour un enfant, le monde se résume à ses parents, me dis-je aujourd'hui pour me dédouaner, mais à quel prix.*

« *Depuis quelques jours déjà après les évènements, elle ne parlait plus de nous dans quelques années. Lorsque je venais m'asseoir auprès d'elle pour lui poser la question qui entre nous relevait maintenant du rituel – "maman dis-moi, on sera comment demain ?" – son regard se détournait désormais alors que ses lèvres laissent tomber : "on sera bien". J'insistais au*

début, ''et nous aurons autant de nourriture et d'instruction
que nous voudrons ?'' et elle se repliait: ''oui'', ''et on sera tous
égaux, avec les mêmes chances et les mêmes opportunités ?''...
je l'acculais avec cette implacable cruauté que l'on trouve
souvent dans la naïveté ; sans m'apercevoir que ses épaules
s'affaissaient sensiblement, chaque fois qu'elle devait répondre
''oui'' à chacune de ces promesses dont elle me fit autrefois le
dépositaire. Et puis sans comprendre pourquoi, je commençai à
la laisser tranquille. Lorsqu'elle me disait ''on sera bien'' en
regardant ailleurs, je me contentais de souffler ''ah !''... en scru-
tant moi aussi cet horizon renfrogné que ses yeux ne quittaient
plus.

« Puis vint ce jour, son regard, et le foulard rouge des
femmes Leader du Parti... je ne tente pas de la justifier, rassure-
toi, elle savait. Tout le monde savait pour Adébayo. Et lorsqu'elle ceignit quand même son front de ce foulard, je compris
– presque aussi clairement que je te le dis aujourd'hui plus de
vingt ans après – que notre Révolution s'est essoufflée parce
qu'elle n'a créé que des devoirs pour en abolir d'autres. »

CLAUDE BIAO

.

16

Tout le monde garde de lui l'image des dernières heures, celle du martyr gaspillé. Mais Adébayo est tout aussi bien un amant infidèle, un père absent qu'un *fonctionnaire.* C'est un homme qu'on aurait cru perdu dans ses âges, paraissant tantôt trop vieux, tantôt jeune ; qui se composait donc un aspect conventionnel pour répondre à ses occupations auprès du Commissaire du Peuple Romain Yétchénou. Adébayo grandit dans les collines arides du centre, à courir après les rats palmistes, à boire de la bière de mil sauvage, adossé sur les flancs les plus abruptes des Okuta, à couver de compliments graveleux des filles auxquelles il n'osait pas faire ouvertement des avances. On pense dans son village, qu'il a gardé de cette enfance, ce cœur qui recherche constamment la chamade d'une ivresse ou d'une autre, et ce corps volumineux et insaisissable dont la vigueur inattendue fait penser aux gigantesques Cailloux qui l'ont forgé ; et ses parents qui l'ont nommé Adébayo, avaient cessé de s'offusquer qu'on l'eût renommé Worou-Okuta : Le fils aîné de la Pierre.

Il assumait cette appellation, lui. La revendiquait même pour tout dire, parce que c'est un surnom qui avait de l'autorité. Et dans les premières joutes verbales que son adolescence écumait, il avait acquis la coutume de prendre la parole en se présentant comme si personne ne le connaissait : « je dis, moi Adébayo, l'enfant aîné de la Pierre, le seul qu'elle ait porté dans son ventre, le seul qui sur terre et dans les hauteurs hérita de sa majesté... »

C'est ainsi que Romain Yétchénou le trouva. C'est ainsi qu'il le choisit.

On venait d'emblaver les aisselles de la colline. Les interstices où elle concédait un peu de terre à la subsistance des hommes, et où les racines du maïs, faute de creuser loin s'étendraient bientôt presqu'à la surface de la fine couche de terre et de limon qui du haut des rivières du sommet, s'est écoulée jusque-là. Un travail de femmes : les hommes, eux, s'enfonçaient beaucoup plus loin dans la forêt, à la recherche de terres plus profondes pour leurs ignames, et de faune plus dense pour leur chasse. Pendant la saison des semences, le village appartenait pour ainsi dire, aux femmes restées tout près des hauteurs. Leurs hommes partis des jours vers la terre fertile et les jeunes pousses d'igname, elles distrayaient l'ennui de leurs journées à labourer l'aridité de la colline, et la flemme de leurs nuits à répandre des rumeurs. Lorsque les hommes revenaient, les semences achevées, on organisait une fête. Les femmes passaient des heures à se parer, et les hommes, à regarder mûrir le vin de palme qu'ils avaient laissé à fermentation. Ils savaient que cette traîtresse boisson, trop fermentée se faisait imbuvable, et trop peu fermentée enivrait en douceur sans même que l'on s'en rende compte. Il fallait donc attendre. Atteindre le juste équilibre qui empêche les personnes qui finiraient la soirée ivres-mortes, d'en accuser la préparation du vin.

Les jeunes profitaient le plus de ces réjouissances. Ils y apprenaient la séduction et l'honneur, la bravoure et la fourberie... pendant que leurs parents feignaient d'avoir le dos tourné. Et si ces soirées restaient longtemps dans leurs esprits, c'est aussi parce qu'elles étaient l'occasion des traditionnelles joutes oratoires. On raconte qu'autrefois, les monarques et chefs qui s'étaient partagé ces terres, se servaient des joutes oratoires pour déceler et désigner leurs émissaires. Cela explique peut-être la théâtralité des prises de paroles, le ton chantonnant ou au contraire rabattu – hautement composé en tout cas – qui marquait chacune des phrases jusque dans la posture de l'orateur... Lorsque la nuit était avancée et que l'alcool avait aboli toute mesure dans les esprits les plus imprudents, les dignitaires et notables venaient s'asseoir en cercle autour de l'espace réservé à la compétition. « Je m'ennuie, disait l'un d'eux alors. Quelqu'un veut-il me conter une histoire ? »

Et les pseudo-volontaires se succédaient.

C'est à l'une de ces soirées-là que Romain Yétchénou avait été invité par on ne sait plus qui. Il venait d'être élu Commissaire du Peuple, et de nombreuses personnes essayaient de gagner ses faveurs. Il n'eut au départ, il faut bien le dire, qu'une médiocre impression des réjouissances. Entre les musiciens qui chantaient les louanges familiales d'une personnalité présente, pour qu'en esquissant des pas de danse, celui-ci laissât échouer quelque pièce de monnaie à leur intention ; et les jeunes hommes qui poursuivaient de leurs ardeurs les nœuds de pagnes de demoiselles faussement indignées, il avait le sentiment de se perdre dans une autre ère qu'échouèrent à pénétrer les Hauts Soucis de la Révolution et de la lutte contre l'Impérialisme qui se débattaient à Cotonou. « Le royaume est en feu, et mon peuple danse ! », se serait-il presque écrié dans le sillage d'il ne sait plus quel roi dont les mots étaient miraculés des déserts arides de sa culture.

Soudain, après la phrase introductive qu'il était trop

préoccupé pour saisir, le silence tomba. De jeunes hommes commencèrent à raconter des histoires chacun à son tour, chacun de sa plus belle verve. Ils côtoyaient tous la vingtaine et arboraient leurs plus beaux sourires. Ils racontaient des histoires, ou parlaient de politique et gestion du pouvoir avec une éloquence telle que le Commissaire du Peuple la confondit à de la sagesse. Dans la foule, on applaudissait ou on n'applaudissait pas avec la même délectation apparente, et il ne perçut pas que l'ovation devint sensiblement plus nourrie et plus bruyante lorsque Adébayo se leva de son tabouret. Dans tout le village, il était devenu célèbre pour son salut et sa présentation. Peu de gens cependant comprenaient ce qu'il disait puisqu'il s'exprimait dans une langue si compliquée, que l'on se contentait de se murmurer : « il parle vraiment très bien ! »

Adébayo s'éclaircit la voix, et sourit à la foule.

ON NE SAIT PAS ce que Romain Yétchénou proposa à l'enfant de la pierre pour que celui-ci acceptât de le suivre le soir même, sans y réfléchir. Le fait qu'il soit orphelin depuis quelques années avait-il contribué à accélérer sa décision ? Lui avait-on proposé une vie à l'abri du besoin, ou son ultime besoin d'abri l'a-t-il décidé à partir ?... Les versions divergent. Pour certains, Adébayo aurait à peine fini sa salutation que le Commissaire du Peuple l'aurait interrompu, emmené à l'écart, et lui aurait proposé de le remmener à Cotonou. Comme les trois inéluctables pas d'une marche militaire, dont la cadence même du temps est l'âme, et qu'aucune autre raison ne semble savoir justifier. D'autres assurent que Romain Yétchénou se serait prêté lui aussi à l'intense théâtralité des joutes oratoires, et répondant du même ton grandiloquent à la traditionnelle salutation de Worou-Okuta, il lui aurait annoncé devant la

foule rassemblée qu'il était exactement ce qu'il venait chercher dans ce village et parmi ces gens.

On peut croire la version que l'on voudra, cela importe
peu. Toujours est-il que c'est dans le sillage de ce premier
départ que s'inscriraient plus tard les autres, plus complexes
peut-être, plus radicaux sans doute, mais avec inscrits jusques
dans leurs gènes, ce détachement originel reconnaissable à
eux tous. Du haut de ses dix-neuf ans, Adébayo n'avait pas de
fiancée, plus de parents, et pas encore de barbe : c'était un
homme libre.

ADUKÈ NE RÉPONDIT PAS TOUT de suite, lorsque je lui
demandai ce qu'était devenu mon grand-père. La mère du
Professeur avait monopolisé nos discussions depuis plusieurs
semaines, aussi Adukè parut-elle quelque peu prise au
dépourvu de m'entendre l'interroger sur son père.

Il n'y avait dans cet après-midi-là, pas plus de soleil qu'il
ne se trouvait de vagues sur l'Atlantique devant nous. Je
gardais mes pieds nus enfoncés dans le sable frais et malodorant de la plage, et elle restait debout devant moi comme si elle
n'avait jamais su quoi faire de son corps. Elle m'avait assuré
qu'il ne pleuvrait pas. Malgré ce temps couvert, malgré ce vent
salé qui léchait nos habits jusqu'à en effacer l'opacité contre
nos corps, malgré ces nuages si proches qu'on aurait dit qu'ils
se posaient sur la mer telle la crème fouettée sur une interminable pâtisserie...

« Je ne sais pas pourquoi tout le monde l'a connu sous le
nom de Fils aîné de la pierre, finit-elle par s'animer. Son nom
est Adébayo. » Son regard s'était égaré dans le mien alors
qu'elle commençait à parler. Elle n'alla pas le chercher. « Nous
avons cessé de regarder l'horizon lorsque cela s'est produit.
Nous craignions de n'y voir que nos orteils tendus vers le ciel,

fermant une marche funèbre qu'il venait d'ouvrir pour nous. Hilaire, Molot, moi-même. Aucun de nous ne le connaissait vraiment bien pourtant, vois-tu.

« C'était le père de notre ami, et la ville entière jasait. C'est tout...

« Je me suis souvent demandée s'il aurait pu en être autrement. Si aujourd'hui par exemple, les mêmes causes auraient produit des effets différents. Si le seul tort de l'histoire fut de s'échauffer trop tôt, alors que personne n'était encore réveillé pour éviter qu'elle crame. Mais je n'oserai pas chercher la réponse. Je sais : il faudrait creuser trop loin. Nous étions tous petits – autant qu'il est possible de l'être après 1977 en tout cas – et nous avions trouvé cela amusant d'entendre citer son nom à la radio.

« Et puis il y a eu la Décision. Ségbana. Que, petit ou pas, tout le monde connaissait. »

De même que l'on tend le bras pour rattraper une écharpe emportée par le vent, elle ressaisit en vol, l'égarement de ses yeux.

17

C'était dimanche, et il n'était pas question de se rendre à l'église près de la boulangerie de Cadjehoun, où un curé blanc – l'un des seuls qui avait su éviter de se faire chasser, ou assassiner – disait l'Évangile à des perdus que cela ne sauverait pas de la prison ou du regard oblique des autres. Partout, la Révolution avait repoussé la Religion au fond des chambres et dans les replis des cœurs. Il fallait être téméraire pour se montrer dans une église le dimanche, dans une mosquée le vendredi... et comme l'une et l'autre ne toléraient le partage des cœurs de leurs fidèles, les cotonois étaient soit Révolutionnaires ou Croyants.

Pourtant, l'équation différait sensiblement pour Molot. Tôt le matin, avant de rejoindre ses amis ou ses moulages, il offrait à sa mère d'aller chercher du pain à la boulangerie. C'est une ruse que la femme ne décela jamais et à laquelle elle laissa libre cours dans la totale confiance en l'engagement de son fils envers les idées du Parti. Ne passait-il pas ses journées à mouler le symbole communiste alors que même elle aurait aimé qu'il apprît un véritable métier ? Ne se taisait-il pas sagement lorsque la radio crachouillait les préceptes de la formation idéologique à force de citations et de blagues qu'il faut avoir mal comprises pour pouvoir en rire ?... À son enfant au-dessus de tout soupçon, elle confiait la corvée dangereuse pour l'esprit, de rapporter une miche de pain à moitié sec, logée dans le creux de murs mitoyens avec ceux de l'église.

Cette boulangerie n'avait précisément que cela en commun avec l'église : son mur. D'un côté les fidèles avaient imposé une majestueuse bâtisse à un paysage d'ordinaire replié, criblé par le vent et l'eau acide des pluies de mai ; et de l'autre, le toit de chaume ressemblait à un incendie mal éteint, dont on pouvait encore percevoir la fumée à l'odeur surprenante de blé cuit et de levure moisie. L'une était profondément différente de l'autre, et toutes les deux détonnaient unanimement parmi les autres constructions du quartier.

Le curé était un homme gras et souriant, comme il sied à un religieux de l'être ; tandis qu'un homme fin et bourru officiait en tant que boulanger à l'époque. Molot se souvient seulement du nom de ce dernier, de Souza, et de la tonalité latino de son prénom : Florentio ? Jovincio ?... Les hommes de sa famille avaient toujours fabriqué le pain de père en fils et, aussi loin qu'il s'en souvienne, ils avaient tous eu la même carrure maigrelette qu'on craindrait presque de briser d'une poignée de main un peu vigoureuse. Comme s'ils s'étaient desséchés en grandissant tout près de ce four à pain que justement, Florentio – ou Jovincio – allumait chaque matin aux aurores, pour le laisser mourir sans daigner l'éteindre, à une heure que personne ne parvenait à déterminer.

Ce n'est pas parce qu'il aimait se lever à cinq heures et demie alors que nul ne viendrait lui demander la moindre baguette avant que le soleil ne soit presque au zénith. Mais comment aurait-il pu dormir lorsque l'aube elle-même, rousse et mal coiffée, ne pouvait s'empêcher de se traîner derrière le clocher de l'église, réveillée par cette maléfique cloche de bronze qui tonitrue l'Angélus ? Il avait engagé des discussions avec le curé pour en repousser l'heure. Il expliqua à son premier client quotidien que cinq heures n'était pas une heure pour le pain, que la pâte était encore à peine levée, que le four brusquait le blé et que la qualité du produit s'en trouvait moindre. Il s'abstint soigneusement de mentionner le désagrément qu'il éprouvait personnellement à se lever aussi tôt les matins, même si son interlocuteur la comprit et se contenta de sourire bêtement et de lui proposer de se joindre un matin à sa communauté.

Bien entendu, il n'en était pas question. Florencio - ou Jovincio - était boulanger, pas chrétien. Sa lignée se tenait soigneusement à l'écart des sentiments d'appartenance, derrière lesquels, estimait-il, les gens tendent à s'effacer. Lorsqu'ils peinent à se construire des identités qui leur correspondent, lorsqu'ils se retrouvent trop à l'étroit dans leurs nationalités, dans leurs appartenances linguistiques et socio-culturelles, ils s'identifient à des *prêts-à-être* à vocation universelle : idéologiques, politiques, religieux... qui véhiculent leurs propres cultures et dispensent de la corvée d'être un individu. Ils n'osent pas prendre le risque d'avoir une forme, alors ils entrent dans des moules.

Ce phénomène était une préoccupation vitale dans la famille du boulanger. Eux, descendants d'esclaves ou de marchands d'esclaves, qui ne portaient pas seulement le nom de leur maître, mais dont le nom précisément signifie qu'ils appartiennent à celui-ci – de Souza – avaient hérité d'une charge identitaire quasi-infâmante et l'avaient assumée. Le métier même de boulangers qu'ils exerçaient, tâche des gens restés aux fourneaux, représentait cet héritage ; et ils seraient les premiers candidats à des identifications rédemptrices. Toutefois « le problème n'est pas d'ajouter de nouvelles couches, et il est même indispensable de s'ouvrir au monde et de s'identifier à des modèles qui trouvent du répondant en soi », s'expliquait le père de Souza dans ses derniers jours. « Mais il faut d'abord assumer qui on est pour que la rencontre de l'autre ne nous efface pas, mais nous construise sur des bases qui existent. »

Voilà pourquoi Florencio – ou Jovincio – secouait invariablement la tête quand les groupes de surveillance et autres jeunes révolutionnaires venaient lui demander qui il avait vu entrer dans l'église voisine : « je n'en sais rien, j'avais les yeux perdus dans ma pâte à pain » ; voilà pourquoi Molot savait qu'il pouvait s'arrêter trois minutes exactement – le temps d'entendre l'homélie – sans craindre qu'on le dénonçât. Voilà pourquoi quand il décida sur le tard, de devenir chrétien, Florencio – ou Jovincio – se rendait à l'église sans se cacher... mais ceci est une autre histoire.

Molot n'assistait jamais à la Messe en ce qui le concerne. Il ne se sentait pas intéressé par ce qui s'y faisait. Il attendait cependant pour écouter les homélies du curé. C'est qu'il aime entendre les gens parler de bonheur. Non pas qu'il se sentait plus malheureux que d'autres, mais l'idée d'une félicité future, plus grande et qui vaille toutes les peines du présent, le fascinait et l'enthousiasmait. Cela va de soi, se disait-il. Tous se promettent un lendemain radieux, pour se pardonner de ne pas être heureux dès aujourd'hui. Tous espèrent qu'ils ne mourront pas le jour du bonheur pour lequel ils auront vécu... et il se sentait appartenir à la communauté de cet espoir extraordinaire et insensé qu'il pouvait entendre en sourdine, jusque dans les sermons du curé.

Ce dimanche-là donc, comme à l'accoutumée, Molot emboîta le pas aux premières lueurs du matin, quelques pièces de monnaie dans le poing, et le regard brûlé par les premiers rayons du soleil. Exactement comme il les préfère : pas totalement incandescents, tout juste assez chauds pourtant, pour qu'il ait cette étrange sensation de se débarbouiller avec. Il rejeta la tête en arrière, ferma les yeux pour contempler la rougeur de ses paupières repeintes par le soleil, et les nervures d'un rouge plus foncé encore... comme les traces laissées par un ver de terre dans la boue.

...

C'est le moment où retentit le premier coup de feu.

Il avait cru d'abord à un éclat de rire un peu enroué. Celui d'un ivrogne. Il distingua ensuite le déclic métallique des rechargements. La rue qui courrait. Le premier éternuement du tocsin, le deuxième. On avait crié. Un treillis s'était étendu par terre à quelques pas de lui. Comme ces habits mouillés que l'on accroche à la corde et que le vent... Un autre treillis s'était étalé. Plus près. Avec un bruit étouffé, mi-guttural, mi-ventral. « Ne reste pas là petit ! », on avait crié. « Couche-toi ! », on avait encore crié. Et l'éclat de rire encore. Multiplié par le déferlement de treillis qui maintenant se dirigeait vers un seul endroit qu'il ne pouvait pas voir.

On l'empoigna au passage.

...

Lorsqu'il ouvrit les yeux, il n'y avait plus beaucoup de matin sous le pont où, imagina-t-il, il s'était caché pour que l'on ne le repère pas. Sa mère courait vers lui en riant toutes les larmes de son corps et faillit le plaquer à nouveau sur le sol boueux dont le contact mou et ferme lui rappela qu'on l'y avait jeté la première fois sans ménagement... « mais pour te protéger voyons ! Tu as été stupide de rester planté là, mon enfant ! S'il n'y avait pas eu nos militaires, si c'était ces barbares... mais qu'est-ce qui t'a pris de rester les yeux fermés ? Il paraît que tu n'as même pas sursauté !

- Non, je n'ai pas eu le temps. »

Son esprit se demandait encore ce qui venait de se passer.

CLAUDE BIAO

.

18

« *Thérèse Wahwah elle-même fut ébranlée par les évènements qui s'abattirent sur Cotonou ce matin-là. On pouvait voir l'orage dans ses yeux, et les questionnements qu'ils éveillaient en elle. C'est qu'elle a porté par son image et sa réputation les quelques réactionnaires qui osaient encore s'opposer ouvertement à la Révolution. Au plus fort de son activité, elle distribuait des tracts à chaque porte, ameutait les esprits et poussait les uns et les autres à s'interroger sur la viabilité d'un régime politique qui a pour unique carburant le passé colonial du pays. Car pour elle la Révolution se résumait à une réaction de rupture, endossée par le prétexte de la Guerre Froide. Le gouvernement politique du pays était devenu marxiste léniniste pour marquer son indépendance de l'ancien colon libéral. Personne n'a vraiment choisi le marxisme pour son idéologie au fond, se persuadait-elle, il s'est simplement trouvé que c'était le contrepied naturel des anciens maîtres dans le contexte actuel.*

« *Et pourtant, même elle, ne pouvait pas accepter que l'on opposât ainsi le rire impertinent des armes à des arguments, fussent-ils obtus et mal présentés. Elle qui souhaitait de toutes* ses forces que Cotonou refermât définitivement la parenthèse marxiste qui n'aurait pas dû s'ouvrir, n'arrivait toutefois pas à accepter qu'elle soit ainsi déchirée, au risque de cristalliser les antagonismes entre les deux camps d'une guerre par procuration qui n'avait rien à faire dans son pays. ''Qu'ils aillent chercher leurs champs de batailles ailleurs'', maugréait-elle en écoutant l'Appel à la radio ».

...

Il me semble que c'est le tout premier roman qu'il ait écrit. Il l'avait signé « Hilaire », sans patronyme comme pour tous les autres, et le titre sobre, n'en aurait peut-être pas laissé deviner le contenu à première lecture : « Supputations ». Un professeur de philosophie politique au nom illisible consacrait les dix premières pages de l'ouvrage à décourager le lecteur d'en entreprendre la lecture. Tantôt il s'emmêlait dans ses propres théories, en essayant de « trouver une justification rationnelle et crédible au geste essentiellement irrationnel de s'écrire soi-même » – on avait mis « s'écrier soi-même », puis on s'était empressé d'ajouter un erratum – ; tantôt il essayait d'expliquer pourquoi ce livre valait la peine que l'on le lise... et puis il changeait de sujet pour parler du Bénin et de l'Afrique de l'Ouest sans que tout cela ne paraisse avoir le moindre rapport. J'essayais de gagner du temps en lisant ces lignes préliminaires. J'imaginais le préfacier toussant dans son col blanc, ajustant ses lunettes, essayant de trouver plusieurs définitions nuancées du même mot : Histoire.

La construction politique des « États récents » serait selon lui, tributaire de l'Histoire dans une relation qui ferait de celle-ci à la fois la justification et la conséquence de celle-là. Il ne plaçait pas la Révolution de 1972 au même niveau que les autres révolutions, et estimait pour sa part qu'elle contribua à édifier une identité politique plus homogène, et sensiblement différenciée désormais de ce qu'il avait appelé quelques lignes

plus haut l'État francophone Ouest-Africain. *L'Appel patrio-*
tique que le Camarade Général lança à la radio au moment de
l'attaque ne construisit pas encore la Nation du Bénin, mais
déconstruisit cependant et de façon significative, l'homogénéité
politique de cet État francophone Ouest-Africain *au profit*
d'une entité nationale plus harmonieuse, proche de la Nation.
La prise de conscience d'un orbi *potentiellement hostile bâtis-*
sait selon lui un urbi *plus cohérent ; et pour être une vraie*
Nation, il fallait être menacé par un mal identifié comme exté-
rieur et global qui vous désigne comme unité et allogène. *C'est*
pourquoi, fini-t-il par conclure au demeurant, si le Camarade
Général avait acquis l'aura et la popularité que l'on lui recon-
naissait, il la tenait moins de son charisme personnel – que le
préfacier eut la prudence de ne pas nier – que du chantage
sécuritaire consécutif à 1972 *puis à l'attaque, qui l'installa*
dans le rôle de dépositaire d'une stabilité cohérente de tout un
pays.

Puis il embrayait avec la place de l'Individu dans cette
Histoire *qu'au final – et après avoir cité trois dictionnaires,*
relevé une définition de Karl Marx et abondamment cité La
théorie de l'histoire, *article d'un certain Guy Dhoquois, qu'il*
venait manifestement de lire – il estimait n'être pas parvenu à
définir.

J'en avais le vertige.

J'AVAIS ACHETÉ *ce livre comme on étend trop de beurre sur son*
pain au petit déjeuner : sans y penser, avec l'esprit perdu dans
je ne sais quoi de certainement plus intéressant. Je ne doutais
pas des qualités de Hilaire l'écrivain, mais en l'écoutant l'autre
soir avec le Professeur, en voyant dans ses yeux l'étendue des
silences que couvaient ses mots pourtant si nombreux, je
compris que pour lui, écrire des livres devait être une manière

de rester muet d'hébétude devant les couleurs que le temps imprime au monde. Je savais – de cette science que l'on n'explique pas et dont on se sent presque coupable – je savais qu'il serait peut-être bon écrivain, mais pas bon conteur. Que je retrouverais plus de questions que de réponses dans ses ouvrages, et que j'allais peut-être dans le mauvais rayon si ce que je voulais était de comprendre. « Trop de questions valent toujours mieux que trop de réponses », me consolais-je pourtant, persuadée que cette phrase n'a pas pu être de lui.

Son vieil ami avait manifestement l'intention de le provoquer avec ses questions : « pourquoi donc écrire si tu n'apportes aucune réponse ? » Il lui a asséné cette réponse en même temps qu'un clin d'œil entendu, avec l'assurance de l'étudiant qui connaît sa leçon. Ils souriaient encore tous les deux, du plaisir de se retrouver, et Hilaire s'attendait visiblement à devoir donner des explications.

« Molot est devenu ivrogne, je suis devenu absent, et toi tu écris des livres... tu ne réussiras donc pas, ne serait-ce qu'à t'enfuir proprement ? »

Je ne comprenais pas pourquoi ils s'acharnaient ainsi à gâcher leurs retrouvailles. Leur accolade m'avait parue chaleureuse et leurs rires sincères. Ils nous avaient comme oubliées Adukè et moi, elle heureuse de leur bonheur, et moi désarçonnée par leurs répliques.

« J'ai essayé de partir. Je n'avais pas d'issue au sol, et une bibliothèque pour unique échelle... c'est toi qui m'as donné cette idée.

- Je m'en rappelle un peu, soupira le Professeur. Tu as traversé la ville en courant pour venir frapper chez nous. C'est maman qui a ouvert : je dormais encore. Tu es entré. Elle a refermé. La bouillie de mil était mal cuite, encore un peu acide. Elle t'a servi dans mon bol. Vous aviez le geste minimal et précis, comme un ballet qu'exécuteraient des manchots, rythme, cadence, chorégraphie... seule manquait la musique. Les tirs peut-être ? Pas très nombreux somme toute, dans mon souvenir. Juste le temps de donner une cause à la mort de ta mère. Maman était désemparée. Cotonou haletait. Je dormais. Et tu étais assis à même le sol, à boire de la bouillie de mil mal cuite dans mon bol.

- Lorsque tu m'as vu en te réveillant, tu t'es tourné vers ta mère, puis vers la porte fermée. Dehors s'était tu, laissant place au vacarme de notre silence. Je ne sais pas si tu as compris, mais tu as eu la pudeur de ne pas réclamer d'explications : je t'en remercierai toujours... et puis après, longtemps après, le sable ne séchait toujours pas autour de sa tombe. Et alors, tu m'as tapoté l'épaule : "nous n'avons aucune issue sur terre, mon ami. Nos livres sont la seule échelle qui nous reste."

- À cet âge-là, je parlais encore à tâtons.

- À cet âge-là, tu parlais déjà comme un essai. »

CLAUDE BIAO

.

19

La Commission d'enquête mise en place le soir même avait un unique mandat : désigner des coupables. L'on s'appliqua à choisir les meilleurs des experts pour y siéger, et s'ils se précipitèrent de donner des noms, ce n'est pas tant parce qu'ils firent preuve de relâchement dans leur mission qu'en raison de l'urgence passionnée qui altérait le rythme des sollicitations. La question ne se résumait plus à l'imputabilité irréfutable des crimes à proprement parler : *il fallait* désigner des traîtres, et c'était un choix politique.

La Révolution avait en effet perçu dans cette attaque mercenaire de janvier 1977, moins une humiliation qu'un véritable fonds de commerce pour sa surenchère idéologique et politique. En ouvrant une enquête, en promettant de désigner les traîtres, elle décida délibérément de ne pas riposter à l'ennemi extérieur commanditaire de l'attaque, mais de lui donner un visage à l'intérieur. D'une part, elle camouflait ainsi son incapacité matérielle à répondre à cette menace extérieure, en montrant du doigt des coupables qu'il est en son pouvoir de châtier à sa guise, et de l'autre elle gagnait la carte de la légitimation de son discours politique en présentant comme « suppôts de l'Impérialisme » tous ceux qui voudraient s'y opposer.

C'est pourquoi la théorie – objectivement incontestable, certes – de complicités au sein du corps politique et des élites du pays, devint la seule valable et celle qui dirigeât le bras inquisiteur des commissaires. Partout, des zélés se souvenaient de comportements anormaux de leurs voisins, dénonçaient des appels téléphoniques ambigus... Ceux à qui l'on posait des questions livraient un nom, et ceux à qui l'on n'en posait pas en livraient dix. On reprochait aux premiers leurs penchants réactionnaires, et aux autres on promettait de se souvenir de leur nom à eux, et de leur ardeur révolutionnaire.

Il était d'autant plus attendu de Romain Yétchénou qu'il livrât à tout le moins un traître, qu'en tant que Commissaire du peuple, s'il ne le faisait pas, on pouvait facilement le soupçonner d'avoir « pactisé ». Personne ne sait pourquoi il désigna Adébayo. Certaines langues avançaient qu'il le savait au-dessus de tout soupçon et que forcément l'on ne retiendrait rien contre lui après l'interrogatoire. D'autres estimaient qu'il était devenu jaloux des qualités toujours plus remarquables de son assistant et qu'il perçut là, un moyen de s'en débarrasser. Quoi qu'il en soit, un matin, vers la fin janvier, on frappa à la porte du Palais.

C'est Adukè qui ouvrit.

Adukè ne me parlait pas beaucoup d'elle. Les histoires qu'elle me racontait et qui devaient la concerner, finissaient toujours par déboucher sur une anodine anecdote au sujet de ses amis ou du Professeur. Le soir, pendant nos longues promenades, elle parla beaucoup plus de mon père qu'elle ne parla de sa mère. Du premier elle expliqua comment il avait été le plus responsable de leur groupe – Hilaire, Molot, lui et elle-même –

comment il riait avec réserve de leurs folies et discutait savamment des livres qu'il lisait ; et de la seconde, elle « ne savait jamais par où commencer ». Tantôt avouait-elle, elle prenait le parti de tout relater exactement comme les jours se présentèrent après ce matin de 1977 – dans le désordre – puis elle se ravisait, convaincue que je n'y comprendrais rien ; et tantôt elle choisissait de mettre un semblant de suite logique dans les événements, afin que je puisse trouver une explication... tirer une sorte de morale de l'histoire. Et puis là aussi, elle baissait les bras, de guerre lasse : « l'histoire n'a pas de morale ».

Je récoltais donc ce que je pouvais de la vie de ma grand-mère. Nonchalamment somme toute, puisque je n'y étais intéressée que dans la mesure où elle jetait un peu de lumière sur son fils. Mon père. Quoi qu'il en soit, le sujet sur lequel personne jamais ne hasarda un mot, c'est qu'il fallait bientôt repartir. Nous aurions dû être repartis pour tout dire. Depuis plus de deux semaines, nous avons manqué notre avion pour la simple raison que ni lui ni moi « n'y avions pensé »... et ni lui ni moi ne songions à refaire une réservation de vol.

Lui semblait savourer encore le mélancolique plaisir d'être revenu sur ses pas. Il sillonnait Cotonou toute la journée, souvent tout seul depuis qu'il avait congédié le chauffeur, et rentrait le soir, le visage illuminé comme par une épiphanie que lui seul pouvait percevoir. C'est que, m'expliquait-il, « je me demande comment nous n'avons pas pu voir pendant tout ce temps, que nous ne devions fondamentalement rien à notre histoire ». Il réfutait désormais cette forme de déterminisme que lui avait imprimée – à lui et à ses amis – la Révolution dont il avait maintenant le sentiment d'être devenu la bête de somme. Adolescent, racontait-il, sa façon de réinventer le monde ou de rêver d'une terre plus belle ; n'était que le résidu d'espoirs politiques tout aussi fous certes, mais d'un autre temps. Il avait passé son adolescence à être l'adolescent que ses parents auraient voulu être, et il s'en apercevait, sans regret... plutôt avec une forme de fascination.

Je me demandais quant à moi ce qu'il voulait dire. « Tu n'es rien d'autre que ta vie », avais-je hasardé une fois pour l'embêter, sachant l'aversion qu'il nourrissait pour les idées de Sartre. Il me désarma alors, de ce grand regard marron qu'il ne s'abstenait plus de poser sur moi comme une caresse depuis que nous nous étions pour ainsi dire, découverts.

Et c'est moi qui perdais mes moyens.

Il était presque aussi inintelligible, lorsqu'il me parlait – si longuement désormais – qu'avant, alors que sa langue n'avait pas encore poussé. Je ne peux pas dire s'il s'agit de regret, mais j'éprouvais une sorte de mélancolie de cette époque où, de nous deux, j'étais celle qui avait la parole, et le monopole de la blague un peu épicée. Il riait de bon cœur à présent de mes plaisanteries et ne manquait pas l'occasion de me rendre la pareille, vivement amusé de me voir amuïe à mon tour...

C'est Mona que cela étonnerait au premier chef.

Nous parlions d'elle comme d'un merveilleux souvenir, à la fois si éloigné, et si proche. Je la racontais à Adukè pour ne pas l'oublier moi-même. Je me la racontais. Elle. Ses habitudes, ses rires, son café... mon père. Je ne les confondais pas et, pour tout dire, je n'avais même aucun problème à les considérer séparément, à les considérer séparés. Et pourtant l'expérience que j'avais de Mona restait intimement liée à celle que par ailleurs, j'avais du Professeur. Parler d'elle pour moi revenait aussi à parler de lui, à appeler à la rescousse des parts entières de lui comme si elles avaient été indispensables pour l'expliquer elle. Lui autrefois silencieux et impénétrable, aujourd'hui prolixe et tout aussi impénétrable ; et elle volubile jusqu'à l'entêtement... jusqu'à l'embêtement... Ses histoires jalonnaient mes récits mêlant souvenirs et ressouvenirs, plusieurs couches successives. Différents niveaux de vérité en quelque sorte.

D'idées, de regrets, de fiertés inutiles dont je me découvrais l'héritière en même temps que je m'en trouvais encombrée, sous le regard bienveillant de Adukè.

Alors cela devenait ardu.

Je balbutiais, expliquais, me reprenais... et j'en ressentais le fardeau, d'autant plus pesant que personne ne m'obligeait à parler de ma mère. Adukè souriait, elle, aimable comme toujours. « C'est difficile de faire la connaissance de ses parents », s'empressait-elle de m'excuser lorsque lasse et sans plus de ressources qu'un chétif soupir impuissant, je me taisais.

CLAUDE BIAO

20

« Notre plus grande erreur a sans-doute été de croire si tôt, qu'il existait déjà un *Peuple*. C'est une lubie de politiciens dans laquelle nous nous sommes laissé prendre. »

...

La Taverne à Lénine n'avait plus été aussi peuplée depuis bien longtemps. Ni aussi bruyante. Cinq personnes dont deux ont l'ivresse et la loquacité des trois autres... le tavernier essuyait pour la troisième fois le même verre de cristal blanc, avec satisfaction. Le petit groupe avait rejoint Molot sur la table des exilés, en dessous du cadre penché que recouvrait autrefois le portrait de Lénine, et où la peinture n'avait pas subi le même délavage qu'ailleurs. Ils étaient arrivés tous ensemble. Comme une seule vague de marins à qui la mer à nouveau favorable, léchait servilement les bottes sur les minuscules côtes d'une île perdue. Hilaire et Adukè l'avaient pris dans leurs bras, le Professeur lui serra sobrement la main et Camilia sourit.

« On aurait dit des adieux », ria le Professeur, avant de se reprendre : « ou un grand retour ». Il se fit la réflexion que partir pouvait avoir sensiblement la même valeur émotionnelle qu'arriver, qu'il y avait peut-être dans les deux attitudes, l'égale menace d'un destin qui rebat ses cartes pendant qu'on a le dos tourné, de gens et de choses qui apprennent à ne plus vous attendre. Il songea aux nombreuses années qui s'étaient écoulées depuis son départ, à ses amis qui avaient vécu sans perdre une minute, sans non plus que lui-même ne restât figé sur leur souvenir bien sûr. Puis il se dit que l'absence est peut-être simplement un apprentissage de la mort : l'on est seul devant elle autant que devant le retour.

Molot a vieilli, pensa-t-il en regardant le sourire de son ami. Il n'avait pas réalisé à quel point en le rencontrant la première fois, trop préoccupé à rechercher dans ses yeux, l'ami qu'il avait laissé derrière en partant. Il faut dire qu'il l'avait un peu retrouvé alors. Son regard et sa voix n'étaient pas très différents, et il s'était hâté de penser que *rien* n'a changé. Mais l'exil érode tout autant ceux qui partent que ceux qui restent, et, se dit-il posant un regard souriant sur sa fille, l'on ne revient jamais vraiment de son exil.

...

Une odeur piquante de poussière et d'alcool mal conservé planait sur la Taverne. De la bière ? Du vin de palme surtout... quelques relents de cette vodka qui avait autrefois façonné la réputation de l'endroit. Hilaire n'imaginait pas qu'on en servait encore depuis. L'idée qu'il s'agissait peut-être là de la seule chose qui leur était restée de la Révolution des années 1970 le traversa sans qu'il ne s'y attardât. C'est absurde, se reprochait-il, de penser qu'un peuple entier n'a tiré de l'un des événements majeurs de son histoire, que la connaissance et l'appréciation d'un alcool étranger et hors de prix. Sauf à croire, comme venait d'affirmer Molot, qu'il n'existe pas de *peuple*.

Il ne pouvait pas s'empêcher d'éluder cette question. Il l'avait certes écartée tout de suite d'une grande gorgée de bière qui lui foudroya la gorge, mais le bruit et le goût de la foudre furent violents et passagers. Ils ne le divertirent qu'une seconde du bourdonnement sourd et constant du sujet qui l'avait toujours préoccupé : est-ce qu'ils étaient un peuple ?

Hilaire ne voyait dans le peuple, qu'une entité politique plus abstraite qu'autre chose, à vrai dire. En étant témoin du destin de son père et de celui des parents de chacun de ses amis, il se rendait à l'évidence de la solitude singulière des gens qu'il pouvait être facile de rassembler sous le nom de peuple. Il ne pouvait pas nier que l'Histoire les eût réunis – concaténés en fait – dans le hasard d'une structure politique à laquelle ils finirent par s'identifier. Il n'arrivait cependant pas à en conclure que le diplomate érudit originaire des plaines du sud eût un autre lien avec l'assistant parlementaire tout juste assez instruit pour écrire de belles formules, ou la femme Leader du Parti venue des montagnes périlleuses du grand nord pour siéger dans le jury populaire... que précisément l'arbitraire *concaténation* produite par la structure politique. Pour lui, le peuple est enfant de l'Histoire comme l'Histoire est enfant de la politique. Il n'était dès lors pas plus saisissable que ne le serait une culture, ne possédait pas plus de consistance que n'en posséderait une idée ; et si des individualités fondamentalement éparses l'incarnaient, c'est alors qu'elles s'identifiaient à lui et qu'il leur devait jusqu'à cette existence même qu'il suffirait d'une idée ou d'un vent contraire pour balayer.

Ce peuple donc, qui vivait bien – fragile et chancelant certes – dans l'esprit des individus qui s'y reconnaissaient, n'était pas qu'une « lubie de politiciens » comme s'en était désespéré Molot. Bien plus, dans sa pensée, c'était une *lubie structurante*. L'esprit de ces gens – leur propre esprit – avait besoin d'un port d'attache. Plus qu'une simple raison et moins qu'une nécessaire condition, il le situait dans cet espace gris et indéterminé où l'on a besoin d'élever des actions relativement graves, relativement reliées entre elles, à la valeur d'Histoire. Ainsi, argumentait-il intérieurement, le discours qui dans la bouche du Camarade inaugura l'ère de la Révolution, n'aurait été qu'un discours – plus ou moins banal – s'il n'avait pas fait appel au *Peuple*, à la commune croyance somme toute que cette *lubie* structure et influe le cours des événements.

« Ce n'était pas une erreur de croire qu'il existe un peuple, l'erreur était d'espérer qu'il soit plus grand que les subjectivités individuelles qui l'ont créé », conclut-il à haute voix. Tous se tournèrent pour le regarder comme s'il lui était tout-à-coup poussé une corne. Pendant que son esprit dérivait, la discussion entre eux s'était épandue sur des sujets plus légers. Par un tacite accord, ils évitaient soigneusement les caillots où leurs souvenirs se fixaient pourtant en grappes douloureuses. Et voilà qu'en se réveillant de ses pensées, il leur rappelait brutalement ce sang qui entre eux, s'était coagulé dans les artères de l'Histoire...

Dans la taverne et à tout autre endroit dont leurs sens pouvaient avoir conscience, le temps tomba.

Comme tombe le vent.

Camilia sentit le regard de Adukè sur sa tempe. Une légère pression enveloppante... Comme si elle avait voulu la protéger, comme lorsqu'on sent venir l'orage et qu'une main amie ouvre un parapluie au-dessus de sa tête. Le silence découpait la continuité de l'espace et du temps entre leur petit groupe et le reste de la taverne. Elle ne percevait plus le souffle de Hilaire dont la respiration lui avait paru si forte au départ. Le tavernier qui s'activait à son comptoir avait l'air de se mouvoir dans un aquarium désormais. Seul subsistait un faible tremblement sur la main droite de Molot. Et c'est sa voix qui bientôt fit éclater leur bulle en mille bris de verre acérés, alors qu'il martela :

« Ma mère n'a jamais tué personne !

- Aucun de nous ne le pense, répliqua Hilaire aussitôt, avant que la voix étrangement aigüe de Adukè l'interrompît presque, à son tour :

- Nous n'avons pas à nous laisser prendre dans l'histoire de nos parents.

- Que les tiens croient au peuple et à sa Révolution n'a pas suffi non plus que je sache ». La voix de Hilaire faisait l'effet d'un affreux cisaillement. Pendant une fulgurante seconde, Camilia vit les yeux effarés de la jeune femme chercher quelque chose dans ceux de son père. Puis le silence s'installa à nouveau, leur brûlant l'échine comme un soleil en plein midi.

Lorsque le Professeur parla enfin, sa voix paraissait vieille. Et lasse :

« Nos parents croyaient tous en la même chimère : un monde où il ferait bon vivre pour nous, leurs enfants... qu'ils construiraient sans nous, et dont ils nous donneraient la clé le moment venu. Comme un héritage. Et c'est la Révolution qui leur fit la meilleure offre. L'Histoire les a transformés en instruments dépersonnalisés et mécaniques... Je ne me suis pas réconcilié avec l'idée que ma mère ait pu *trahir* mon père, que la mère de Molot – mon meilleur ami – ait participé au jugement qui l'a condamné à mort, tout comme elle l'a fait pour le père de Hilaire... qui avait été désigné par les renseignements du père de Adukè. Pour autant, si le crédo qui justifiait toutes ces actions se résumait en l'Histoire et sa Révolution, je proclame ma foi en vous, ces humains plus ou moins insignifiants qu'aujourd'hui le souvenir et le ressentiment essaie d'enrôler dans la continuité des combats qui nous ont tous dévasté. Je proclame ma foi en notre amitié, en nos liens... J'avais eu l'impression de lire entre les lignes de vos lettres, que vous y croyiez vous aussi. J'ai dû me laisser berner par mes espoirs trop grands. Cependant je ne regrette pas d'être revenu : que vous soyez le peuple ou pas, vous êtes mes amis. »

Le bruit d'une bouteille qui se brise sur le carreau les fit sursauter. Ils se retournèrent tous vers le comptoir. « Merde ! » grognait le tavernier en se penchant pour ramasser les morceaux.

« Est-ce que tu repartiras ? » La voix de Molot était enrouée.

21

« Je n'avais pas pensé que nos lettres auraient un tel effet », avais-je soufflé au téléphone avant même d'entendre Douglas dire : « Allô ». Le soir était humide. La ville se mouvait paresseusement dans sa propre sueur, à cette heure charnière ou certains travailleurs rentrent chez eux tandis que d'autres sortent dans la nuit. Les premiers luminaires s'éveillaient, les premiers phares, les premières notes de vacarme dans des baffles disposés sur le bord de terrasses à peine éclairées... les portes de la nuit s'ouvraient. À quelques pas de moi, une vieille femme appelait ses enfants, trois garçons aux genoux écorchés qui couraient dans la rue en riant et en s'adressant des syllabes inintelligibles. « Il est temps de rentrer, vous avez assez joué ! » leur hurlait-elle. Et alors ceux-ci faisaient mine de se diriger vers le portail ouvert, puis l'un d'eux criait quelque chose, et tous repartaient en courant dans le sens inverse en s'esclaffant.

« Nous partons ce soir, ajoutai-je machinalement, sans avoir attendu de réponse. Papa a l'air serein. Il m'a soufflé dans les oreilles hier que Mona lui manquait ». À l'autre bout du fil, Douglas devait se demander pourquoi je lui racontais tout ceci *au téléphone alors que j'arriverais le lendemain à l'aube. Il se contentait de m'écouter toutefois, avec sa sobriété habituelle. Il ne m'interrompait que pour demander d'expliquer. Pourquoi par exemple ma grand-mère avait-elle livré mon grand-père s'il avait bien compris ce que je disais, pourquoi mon père était-il resté attaché à Adukè... Et alors je rectifiai : Adébayo était livré et perdu depuis que Romain Yétchénou avait donné son nom. Son épouse s'était trouvée dans le tragique dilemme de confirmer ses accusations et de laisser la police l'arrêter, ou de les infirmer et de se faire incarcérer elle-même avec lui. Leur fils, mon père se trouverait alors seul, perdu. Je lui expliquai que mon père n'avait pas pu comprendre, en avait voulu à sa mère, s'était battu de toutes ses forces pour avoir les meilleurs résultats scolaires, obtenir une bourse.*

Et partir.

Un flot de paroles qui s'écoulait avec mes larmes à présent. Un flot de paroles que je n'arrivais pas à assumer, ni à retenir. Je me souvenais encore de la voix de mon père qui se brisait, au fur et à mesure qu'il racontait à ses amis comment il avait découvert la vérité.

C'ÉTAIT l'un de ces soirs inhabités comme il en connut plusieurs depuis son arrivée à Cotonou. Il rentrait tard de sa promenade quotidienne dans les dédales de la ville et de ses souvenirs, et il était si impatient de retrouver sa chambre, son lit... que sa canne elle-même frappait le sol avec hargne à chacun de ses pas. Adukè et Camilia dormaient déjà depuis longtemps. La couleur argent d'un faible rayon de lune polissait le front de la première, dont la porte de la chambre reste toujours entrouverte. La scène était si paisible qu'il s'y attarda juste assez longtemps pour que la dormeuse se réveillât. Elle était noire comme une déesse. Il allait s'excuser et s'en aller, mais elle le retint : « entre ».

...

Lorsque Mona se réveilla en sursaut et vit le nom de son homme s'afficher sur l'écran du téléphone, elle poussa un soupir résigné. Il était trois heures du matin. « C'est arrivé », se dit-elle.

Sa voix avait pris des couleurs. Ternes certes, mais alourdies par ce qu'elle devina être des larmes retenues. Il parla plus d'une heure, décrivit comment le dictionnaire était resté figé dans son délabrement, comment les mots qui y étaient inscrits gardaient leur odeur mystérieuse de poussière et d'encre vieilli. Quelques-uns attiraient l'attention. Ceux sous lesquels il avait tracé des traits maladroits lorsqu'il s'en servait encore ; et ceux qu'on avait soigneusement soulignés au rouge. Il raconta presque sans respirer comment il vit ces quelques mots sur la dernière page restée vierge. *Carbaphratigüe*. C'était la graphie arrondie et appliquée de sa mère. Elle avait dû appuyer si fort sur le stylo que sa pointe perça le papier par endroits, donnant au revers l'aspect d'une écriture braille. C'est là qu'il s'aperçut de son propre aveuglement, depuis toutes ces années.

C'est là que son récit explosa en sanglots.

Il se sentait injuste et stupide d'être parti, de n'avoir pas compris ce qu'elle n'avait visiblement pas la force de lui expliquer. Dans le dictionnaire où elle s'était expliquée, persuadée qu'il finirait par le retrouver, elle confiait aussi qu'elle n'avait pas insisté pour le retenir parce qu'ici son avenir ne ressemblait plus à rien... Alors qu'il achevait son récit, la nuit achevait sa course, et les premiers rayons du soleil firent scintiller de timides gouttes aux yeux de Mona.

« Rentre chez nous. »

. . .

L'AÉROPORT de Cotonou est un magnétophone géant. Les trains d'atterrissage crissent sur l'unique piste – que l'on a pourtant nommée A3 – comme sur la surface rayée d'un vieux disque. Ceux de notre avion n'ont pas émis le même hurlement il y a une heure alors qu'il décollait. À côté de moi, papa serre dans ses mains un vieux dictionnaire dont on aurait dit qu'il craint de voir s'envoler les pages une à une. Sur l'une d'elles dont il avait sans doute eu trop de mal à maintenir la reliure, débordait une écriture ronde au stylo rouge. Je n'avais aucune peine à lire les quelques mots qui s'étaient ainsi échappées des pages du livre...

Il y avait écrit : « seize janvier mille neuf cent soixante-dix-sept » en toutes lettres.

———

À PROPOS DE L'AUTEUR

Claude Biao est consultant Analyste politique, et écrivain. Son dernier recueil de poèmes, *La Foule des sans-titres,* a reçu le Prix Stephane Hessel de la Jeune écriture Francophone, en 2014. Il est aussi l'auteur de nouvelles, dont *Le désert n'oublie pas* (dans *Et couvertes de Satin, et autres Nouvelles,* Buchet-Chastel, 2015) et *Bamidélé* (dans *Icare, et autres nouvelles,* Buchet-Chastel, 2013), toutes les deux lauréates du Prix du Jeune Ecrivain Francophone.

1977, en toutes lettres est son premier roman.

amazon.com/author/claudebiao

linkedin.com/in/akimbi

twitter.com/AkimBiao